Contents

黄金色のシャングリラ

茜色《あかね》に染まる空を並んで見上げながら、語ってくれた夢がある。

「陸《りく》も…バカな夢物語だと思うか？」

落ち着いた低い声としか、陸の記憶には残っていない。でも、小さな陸を抱き上げる大きな手は、いつもあたたかくて…あの手が大好きだったことは覚えている。

幼い陸には『バカな夢物語』という言葉の意味はわからなかったけれど、淋しそうな響きの声だった。

だから、ギュッと両手を身体の脇で握り締めて長身の父を見上げた。

逆光のせいか、その表情を窺《うかが》うことはできない。家には写真の一枚も残っていないため、顔を思い出すこともできない。

「ううん」

陸は唇を引き結んだまま、勢いよく頭を左右に振った。

「……ありがとう。陸はいい子だね」

大きな手が優しく髪を撫で、ふわっと身体を抱き上げられる。

いい子だと言われたのが嬉《うれ》しくて、陸は両手で父の首に抱きついた。

それが、陸に残っている父の最後の記憶だ。

その年の暮れ、いつものように大きな旅行カバンを手に家を出た父は、いつまで待っても帰ってくることはなかった。

必ず自分のところへ帰ってくるはずだと待ち続けていた母も、父のいない正月を五つ過ごした頃に祖父によって強引に実家へと連れ戻されて、父と住んでいた家を引き払うことになった。

成長した陸は、父の追っていた夢を自分の夢として心に描くようになった。

きっと、いつか……その地を見つけてやる、と。

《一》

大学は二月の頭から、約二カ月に及ぶ長い春休みに入る。受験という大きな行事があるためだ。早々にレポートを提出した陸は、学科の研究室内にある掲示板に張り出された紙の前で足を止めた。

「吉見《よしみ》、なに見てるんだ？」

陸と同じように掲示板を眺めながら、同じ学年の友人が肩を並べてきた。

「ん、ああ……アレ」

陸が指差した先には、学生バイト募集とお世辞にも綺麗とは言えない手書きで記された、Ｂ４サイズの紙が掲示されていた。

募集主は、大学内の考古学研究室だ。春休みを利用して、エジプトの遺跡発掘調査に出発するらしい。よほど人手が足りないのか、院生や研究室に属する研究生だけでなく、学生にまで若干名の募集をかけている。

ただ、バイトとはいえボランティアと変わらない条件だ。渡航費用と滞在中の食事や宿舎は面倒を見てくれるけれど、時給という形で支払われるものはない。薄謝の二文字が赤ペンで囲まれていた。

そのせいで、人手が集まらないのかもしれない。極端な話、支払われる金額が五百円だろうと百円ろうと、文句など言えないに違いない。

「なんだ、吉見。まさか参加するつもりか？」

「うん。面接、受けてみる」

にっこりと笑った陸を見る友人の顔には、『物好きだな』と書かれていた。

文学部の中でも、歴史文化学科という科は無類の歴史好きが寄り集まっている。それでも、現代のワカモノとしたら、海外の僻地に二カ月も軟禁状態という調査隊に好んで参加しようとは思わないのかもしれない。

もっと時給のいいバイトはいくらでもあるし、発掘に参加するチャンスがこれで最後というわけでもないからだ。

「一回でも多く、発掘調査を体験したいんだ。バイト先のカフェが移転になって、次のバイトを探さなきゃと思っていたところだし、いいタイミング」

「そういやおまえ、去年の夏……東北地方だったかの発掘調査にも参加していたっけ。熱心だよなぁ」

感心したようにつぶやかれて、もちろんとうなずいた。

興味のない人間からは、土いじりのなにがそんなに面白いのかと首を傾げられることもあるが、陸は一見地味な発掘作業が好きだった。刷毛で砂を取り除き…埋葬品や甕《かめ》の一部が出土した瞬間の感動は、なにものにも替え難い。

数百年から千年に及ぶ時を経てここにあるのだと思えば、古代の空気さえ感じるようだ。

「さっそく、考古学研究室に行ってみる」

急な欠員が出たのか、募集期間が今日と明日の二日しかないので、早めに行動したほうがいいだろう。

弾むような足取りで部屋を出る陸に、友人は苦笑を浮かべて手を振った。

□□□

調査隊の出発が一週間後に迫ったこの時期に急募する理由は、全国的に蔓延《まんえん》しているインフルエンザウイルスが原因で、五名の欠員が出てしまったせいらしい。

考古学研究室の主であり、古代エジプト文明の研究者として海外にまで名の知られている東海《とうかい》教授は、いつも熱心に一番前の席で講義を受ける陸を覚えてくれていたようだ。

海外調査は初めてだけれど、国内の遺跡発掘には何度も参加しているという姿勢も買ってくれて、幸運にも学科生で一人だけ調査隊に加えてくれることになった。

パスポートは高校の修学旅行が海外だったため取得の必要はないし、滞在に必要なビザなどは研究室側が準備してくれる。寮に長期不在を相談すると、大学行事に参加して留守にするのだから、基本の家賃だけが引き落としになり不在時の光熱費はゼロにしてくれるという。家からの金銭補助がない陸にとって、これが一番ありがたかった。

陸がしなければならないことといえば、簡単な荷造りと母に二カ月の留守を連絡することくらいだ。

これまでも何度も調査に参加しているせいか母の反対はなく、「気をつけて」という一言で許しを得て、陸はいそいそと荷造りを始めた。

出発前の調査ミーティングに参加したのは、一度きりだ。どさっと渡された資料だけでは不明なことが多く、運よく同じ寮に住んでいたメンバーの院生のおかげで、なんとか事前情報を仕入れることができた。

どちらにしても、知識の足りない陸にできることは雑用くらいだろうけど、邪魔になるようなことはしたくない。

今夜も、陸の部屋で即席の勉強会が開かれることになっていた。

「だいたい、これでいいか」

スーツケースに詰めた荷物を眺めた陸は、独り言をつぶやいてうなずいた。Tシャツや靴下、下着は現地で洗濯すればいいし、荷物は少ないほうが身軽に動けていいだろう。

閉じたスーツケースを部屋の隅に押しやったところで、タイミングよく薄いドアをノックする音が響く。

「吉見。俺だ」

「はい」

ヘビースモーカーのせいか、少しかすれた低い声はこの数日ですっかりと耳に馴染《なじ》んだ院生のものだ。

陸の返事とほぼ同時にドアが開き、酒の入った一升瓶を片手に持った男が入ってきた。脇の下には、しっかり読み込んだ証拠にボロボロになった紙の束を挟んでいる。

院生の斉木淳介《さいきじゅんすけ》は、年末に二十歳《はたち》になったばかりの陸より六歳年上だ。だが、外見だけの印象では一回り以上離れていると言われても違和感はない。陸が実際の年齢より幼く見られがち上に、斉木は年齢より遥かに落ち着いて見えるせいだ。

「コップ」

「はいはい」

斉木は使い込んでいると一目でわかるシューズを上がりかまちで脱ぎ、畳の上に足を組んで座った。紙の束の隣にドンと一升瓶を置く。

もともとしゃべるのがあまり好きではないという斉木だが、酒が入ると普段よりは舌が滑らかになるらしい。こうして即席勉強会を開いてくれるのも、偶然同じ寮に住む後輩の面倒を見てやろうと思ってくれているのだろう。

畳の上に直接グラスを置き、陸は斉木が持ってきたのと同じ小冊子を手にした。赤のボールペンと蛍光ペンも必需品だ。

「……今回の調査、フランスの調査隊と合同だってのは言ったか」

パラパラと紙をめくりながら、コップ酒をあおった斉木がボソッと口にする。陸は一応分厚い冊子にすべて目を通していたが、それは初耳だった。

「いいえ。フランス…ですか」

大規模な調査をする際、いくつかの国の調査チームが合同で行うことは珍しくはない。以前、陸が参加したことのある東北地方での発掘調査も、海外から何人か視察に来ていた。

「カルロス・ガルシアは知ってるか?」

続いて斉木の口から出た名前に、陸はトクンと心臓が高鳴るのを感じた。もちろん、彼の名前は知っている。

考古学の世界において、かなり変わった経歴の持ち主だといわれている。父親がスペインの有力者で、それなりの英才教育を受けて育ったらしい。なのに、周囲の予想していた未来とはかけ離れた……考古学の道へと進んだという。

本人が意図して漏らさないらしく、彼についての情報は少ない。極端なマスコミ嫌いで、人嫌いという話だ。

彼は先入観や考古学界の常識というものを一切投げ捨てて、斬新《ざんしん》な物の捉《とら》え方をする。それを快く思わない人間も多いが、カルロス自身はマイペースで我が道を行くタイプらしい。なにを言われても、クールに受け流す。

公表されている三十一歳という年齢が正しいのなら、まだまだ若造と舐《な》められるのもわからなくはない。

しかしなによりすごいのは、古株の頭の固い連中にバカにされても、彼がそれなりの成果を挙げていることだろう。

それに、モデルも顔負けの美丈夫……だという専《もっぱ》らの噂だ。

メディアを嫌う理由は、容姿を騒がれるのを嫌っているせいだ…という説に異議が出ないほど、整った顔をしているらしい。

陸も、たった一度だけ雑誌のインタビューに答えているのを目にしたことがあるけれど、確かに不鮮明なモノクロ写真でも相当な色男だというのは伝わってきた。

これほど陸が詳《くわ》しいのは、カルロス・ガルシアに関する記事をすべてスクラップにして保存するほど、彼に憧《あこが》れているからだ。既存の型にはまらず、それでも成功を収めているカルロスを、羨望していると言っても過言ではないだろう。

「カルロス・ガルシアが…どうか？」

一瞬のあいだに陸の頭には、自分が知る限りのカルロスに関する情報が駆《か》け巡《めぐ》った。その中には、彼が現在フランスの調査隊に籍を置いている…というものも含まれている。

「今回のフランス調査隊の副隊長が、カルロス・ガルシアらしい。かなり変わった人らしいけど、ウチの東海教授は気に入ってるみたいだな。厄介《やっかい》だぞ…と言いながら笑ってた」

「本当ですかっ？」

斉木の言葉を聞いた瞬間、陸は思わず身を乗り出していた。その勢いに、斉木が目を瞠《みは》る。

「ああ……」

「すげー…ラッキー……」

目を輝かせた陸の反応で、斉木は陸がカルロス・ガルシアのファンだと悟ったのだろう。

苦笑を浮かべてグラスに酒を注いでいる。

「合同調査をしていても、なかなか他人を寄せつけないらしいぞ。まぁ…終わるまでに、少し話せたらいいいな」

「おれ、頑張ります！」

勢いよく返事をした陸を鋭い目で見ながら、斉木は分厚い冊子を指で弾《はじ》いた。

「それもいいが、まず調査を頑張ってくれよ」

「う…もちろんです」

慌《あわ》ててうなずいた陸に、斉木はクックッと肩を揺らした。その目からは、さっきの鋭い光が消えている。

「じゃ、昨日の続きだ。ルクソールの郊外、ナイル川の西岸二百キロほどのところにある岩場が今回の調査対象だが、すでに地下へ続く階段とその先に前室らしき空間が発見されている。超音波検査でその部屋の奥に大規模な空洞があることを確認している。今回は、壁になっている石積みの一部を外して……」

「はい」

冊子の空白部分に、赤ボールペンで気になることを書き込みながら、陸は頭の中にルクソール周辺の地形を思い浮かべた。出発までに、なんとか基本知識プラスアルファくらいは身につけなければならない。

陸の意気込みを買ってくれた東海教授を、失望させるような足手まといにはなりたくない。

その夜も、陸の部屋には明け方まで電気がついていた。

秘蔵

《二》

直行便は高価だから使えない、という理由でマニラやバンコクを経由する飛行機でカイロに到着する頃には、日本を出発してから丸一日が経過していた。悪天候を理由に、バンコクでの離陸が二時間も遅れたせいもあるだろう。

エジプト政府が公認した調査メンバーということで、簡単な入国審査を終えてゲートを出た陸は、先に出ていた東海教授を見つけて駆け寄った。

「東海先生、お疲れ様です」

「ああ…吉見くん。元気で結構。さすが、若いねぇ」

ぺこりと頭を下げた陸にそう言って笑った東海教授は、六十も半ばのはずだが……陸から見れば、同じ年頃の自分の祖父よりずっと若々しい。

ふさふさとした豊かな頭髪は、ロマンスグレーという表現がピッタリだ。体格も、この年代の人にしては長身だし恰幅《かっぷく》がいい。

かろうじて一七〇センチに届く身長で、筋肉とは無縁で体力のなさそうな細身の陸よりも、逞《たくま》しいかもしれない。

間違っても、おじいちゃんという雰囲気ではない。

「全員、揃ったかな。平井《ひらい》くん！」

常に笑みを浮かべている穏やかな風貌の東海は、長旅の疲れを感じさせない声でチームリーダーの研究生を呼んだ。

全員揃っていることを確認すると、今度は国内線乗り場に移ってルクソール行きの飛行機に乗り換えだ。

陸は、長時間の禁煙で頭が痛くなってきた……とぼやく斉木と共に、空港内を移動した。

長旅の疲れより、これからの発掘調査に対する期待の方が勝っている。自然と足取りも軽やかなものになる。

そんな陸を、年長者たちが追い越しざまに背中を叩いていった。

「元気なのはいいが、スタミナ切れになるなよ」

と、苦笑を浮かべながら。

□□□

東海教授の下《もと》に集まった今回の調査隊は、二十人。それにフランスからの十人がプラスされ、三十人ほどで行うらしい。

ナイル川の西岸、ルクソールの郊外にある宿舎の居心地は、陸が思っていたよりも快適だった。ベッドは硬いが、寮の煎餅《せんべい》布団とそれほど変わらない。浴槽はなくても湯の出るシャワーがあるし、電気の代わりに備えられているオイルランプも不便というより風情《ふぜい》があっていい。毎朝、午前五時に起床というのがつらいといえばつらいけれど、そのうち身体が早寝早起きに慣れるだろう。

時間的な余裕があまりないのか、到着の翌日には発掘現場へ向かうことになった。

機材を積んだバン型の車に分乗して、宿舎を出る。走り始めて十五分ほどで車窓から見える景色がガラリと変わった。

ナイル川のおかげで豊かな緑に恵まれ、近代的な建物の並んでいた市内とは違い、砂と巨大な岩の転がる景色が延々と続いている。前を走る車が乾いた砂を巻き上げ、湿度の高い日本との違いを実感した。

早朝の今は、長袖の上着が必要な十度を下回る気温でも、日中は二十五度を超えるという。

この時期がエジプト観光をするには最適のシーズンらしく、外国人観光客を乗せたタクシーやバスがちらほらと見えた。

「すげぇ…」

ガタガタと揺れる車内で夢中になって窓にへばりつく陸を、隣に座っている斉木が笑った。

「そこを左に行けば、王家の谷に続いている。ただ、今回は見学時間をとってないからな…」

「はい。今回は観光に来たわけじゃないので、少し残念ですが仕方ないと思っています。それよりもずっと、貴重なものを見られるかもしれませんし」

窓から視線を戻した陸に、斉木は小さくうなずく。

今回調査隊に課せられた任務は、王家の谷と呼ばれる歴代の王たちの墓がある観光名所よりもっと西へ行ったところで発見された、未発掘の墓所《ぼしょ》らしきものの調査だ。

人々が生活する東岸と違い、ナイル川の西岸は再生・復活を意味する『死者の都』、ネクロポリス・テーベと呼ばれ、古くから貴族たちの墓所として利用されてきた。

歴史に疎《うと》い人でも名前を知っているだろう『ツタンカーメン王』の墓があるのもここだし、エジプト文明で最も偉大な王といわれるラムセス二世、その寵妃《ちょうき》であるネフェルティティの墓が見つかったのも王家の谷と呼ばれる場所だ。

未《いま》だに発見されていない墓も多くあるのでは……という希望的観測によって、各国の調査隊が地道に探索している地域でもある。

今回は、事前の調査でそれらしきものの見当をつけてあるらしい。

数多くの調査隊が入っているにもかかわらず、二十一世紀の今でも未発見ということは、盗掘の被害に遭《あ》っていない可能性も高いということで……エジプトの政府だけでなく世界中の考古学者に注目されている調査だという。

陸がそれを知ったのは、日本を出発する前日だった。面接をした東海教授は穏やかな雰囲気だったし、いろいろと教えてくれた斉木も必要以上のことはしゃべらなかったので、それほど重要な発掘調査だなんて気づかなかったのだ。

場違いなところに紛れ込むようなプレッシャーを、全く感じなかったといえば嘘になる。けれど、せっかく貴重な場に参加させてもらえるのだから、雑用としてでも役に立てるように頑張ろう……と、開き直った。

常に前向き、という姿勢は自分の長所の一つだと自負している。

「現場まで一時間以上かかるらしいぞ。少し寝ておけ」

子供のように目を輝かせて窓の外を眺めている陸に、斉木が苦笑してそう言った。車の中を見回すと、確かに他のメンバーは座席にもたれて目を閉じている。

斉木も、腕を組んで目を閉じたかと思えば、即座に眠りに落ちてしまった。

「……一種の特技だよな」

寝息を立てる斉木をマジマジと眺めつつ、思わずつぶやきがこぼれる。

未舗装の道路を走っているせいで、ガタガタと不安定に揺れたり跳ねたりする車内で眠るのは、簡単ではないと思うのだが……。

発掘調査への期待に胸を高鳴らせている陸は、興奮のあまり眠気などどこかへ行ってしまっている。

子供のように目が輝いているという自覚があった。

眠るのはあきらめて、いびきの響く車内で一人、風に舞い上がる砂塵と点在する巨岩、砂丘の続く景色を見つめ続けた。


薄暗かった空がすっかり明るくなる頃に、バンが停まった。広い岩場だ。予備知識として持っている、王家の谷と似た印象かもしれない。

ぽつぽつと人影が見えるのは、合同調査をするというフランスの調査隊だろう。

「よし、設営してからミーティングだ」

調査隊のリーダーである平井が号令をかけると、支柱を立てて拠点となる簡易テントを設営する傍らで、手際よくバンに積んであった荷物を降ろしていく。

陸も積極的に……調査用の機械は慎重に運び、あっという間に荷降ろしが終わった。何度も海外調査に参加しているという人がほとんどなので、手順は頭に入っているのだろう。

東海教授を中心にして、キャンプに使うようなプラスチックのテーブルセットを囲む。下っ端の陸は、立ったままテーブルに広げられた大きな模造紙を覗《のぞ》き込んだ。

岩場の見取り図を指で辿りながら、東海教授が口を開く。

「事前調査でわかっていることは、どうやら新王朝時代の……十八〜十九王朝のものらしい。ラムセス二世の子供のもの、というのは希望だが、ありえないことでもない。フランス隊が我々より一週間先に入っているが、どうやら石積みの一部が外せそうな雰囲気ということだ」

このあたりには、盗掘を防ぐ目的で岩窟を利用した墓が多くある。ここにあるのが、そのうちの一つかもしれない、ということだった。

時代的に紀元前一三〇〇年頃のものということは、その時代に活躍した王、ラムセス二世の血縁者という可能性もあるわけで……。

なんといっても、彼はその時代のエジプト人としては驚異的な九十年を超える生涯で、百人とも二百人とも言われる子供をもうけたと伝えられている。未発見の墓に彼の子孫が眠っていても、不思議ではない。

「あとは、フランス隊に聞くことにしよう。我々が到着するまでに、なにか進展があったかもしれん」

東海教授は言葉を切って顔を上げた途端、腰かけていたイスから立ち上がった。

なにかと思えば、体格のいい男が数人すぐそこまで来ている。陸たちの到着を知って、顔を覗かせたのだろう。

「……」

会話はフランス語だ。

陸もかろうじて英語は話せるが、フランス語はいくつかの単語しかわからない。まさか、フランスの調査隊員は全員フランス語しか受け付けてくれないのでは……という不安がのしかかってきた。

「さ、斉木さん。おれ、フランス語って全く…なんですが」

隣に立ってコッソリとつぶやいた陸に、斉木はあっさり言い返した。

「心配するな。俺もだ。英会話ができたら充分だろ」

それなら、いいのだが……と胸を撫で下ろした時、東海教授と話していた男が陸たちを見回した。自然と背筋が伸びる。

「どうも。フランス調査隊の隊長ホセ・ロドリーゲスです。ホセで結構。つい母国語が出たけど、ウチのメンバーは全員英語が通じるからヨロシク。あと……君たちの名前は接しているうちに覚えるので、ここで一気に自己紹介するのは勘弁してくれ。記憶力に自信がないんだ」

男は冗談っぽく言って笑みを浮かべる。

今度は英語だった。とりあえず一安心だ。

後ろに立っている数人の男たちも、この場で自己紹介をする気はないらしい。習うより慣れろ、という雰囲気は陸にとってはありがたかった。自慢じゃないが、横文字の名前を聞かされても耳を素通りしてしまう可能性が大だ。

ホセの言葉ではないけれど、一緒に作業をしているうちに自然と覚えるはずだ。

「数人に分かれて、彼らについていってくれ。案内する」

彼らに…と言いながらホセが親指で指差した男たちに、三、四人が一組になって取り囲む。

陸も人懐《ひとなつ》こいと言われるタイプだが、調査隊のメンバーはそれを凌ぐものすごい協調性を持っているらしい。

あっという間に馴染んで会話をしている。

そういえば、飛び入り参加に近い状態でメンバーに加わることになった陸があいさつをした時も、調査隊のメンバーは笑って輪の中に入れてくれたのだ。

面接の時に東海教授が「協調性に自信はありますか？」と質問した意味がわかった。何十人もかかわるチームプレイの発掘調査は、協調性がなければ成り立たないだろう。

出遅れた陸の肩を、隣に立っていた斉木と共にホセが摑んだ。

「君らは俺と一緒ね。……ところで君、ローティーン…じゃないよね？」

斉木も大柄だと思うが、ホセは更に長身だった。十五センチは上から見下ろしてくる目は、ローティーンと言いながら真っ直ぐ陸を捉えている。

……やっぱり。

化粧をすることによって年齢がわからなくなる女性と違い、陸の童顔は隠しようがない。ただでさえ、骨格の細い日本人は細身で頼りなく見えるというのだから、陸などローティーン呼ばわりされても仕方がないのだろう。

「ご心配なく。二十歳になっています。体力には自信がありますから」

「成人しているのか⁉　ううむ…不老の秘薬が代々伝わる家系とか……？」

「まさか」

二十歳だと返した陸の答えに大げさに驚いてみせたホセは、豪快に笑い飛ばした後でふっと真顔になって、東海教授に向き直った。

「ご案内します」

陸はホセに続いて岩場へと向かいながら、無意識に視線を巡らせた。

さっきの男たちの中に、カルロスの姿はなかったはずだ。彼の顔は不鮮明な小さなモノクロ写真でしか知らないが、かなり印象的な美形だった。失礼だが、ざっと見た限りそれほどの美形はいなかった。

美形といえば、ホセも充分にいい男の部類に入るだろう。日に焼けた肌とチョコレートブラウンの瞳、同じ色の髪が大柄で厳《いか》つい印象を和らげている。

「…カルロスはどうしているんだね？」

陸の疑問を、まるでテレパシーが伝わったかのように東海教授が代弁してくれた。ホセは朗らかに笑って口を開く。

「例の石室にこもってますよ。岩の一部にヒエログリフが彫られていまして…夢中で解読しようとしています。どうも、ビンゴっぽいですね」

「なに、本当か」

「ええ。おっと、そんなに急がなくても岩に刻まれたヒエログリフは消えませんし、カルロスは逃げませんよ」

苦笑するホセの腕を摑み、東海教授が足を速めた。

二人の会話を漏れ聞いていた陸と斉木も、無言で顔を見合わせる。

石室の一部に、ヒエログリフ…とは、さらりと口にできないほどの発見ではないだろうか。

古代エジプトにおいて『神聖な彫刻』を意味するヒエログリフは、一般人が使えるものではない。読み書きできるのは当時の高官や貴族に限られていたし、墓に刻むのは神聖な儀式だったはずだ。

もしこの岩場が墓窟だとしたら、かなり身分の高い人物のものだといえる。

陸は、急激に心臓の鼓動が高まるのを感じた。

今まで予備知識を頭に叩き込んでいたし、今回の調査目的もわかっていたはずなのに、唐突に現実味を帯びてきた感じだ。

足元がふわふわとしているような、不思議な感覚に襲われる。

「吉見、そこ段がある。見えてるか？」

「は、はい。すみません…」

斉木に背中を強く叩かれて、ハッと浮き足立っていた意識が戻ってくる。陸とは違い、さすがに斉木は落ち着いているようだ。

陸は一歩ずつシューズの底で黄色い砂を踏みしめながら、岩場の窪《くぼ》みへと降りていった。

ザァッと強く吹いた風が、乾いた砂を舞い上がらせる。日本のものより遥かに乾燥した風の匂いに、陸はギュッとシャツの胸元を握り締めた。せっかく落ち着いていた心臓が、また鼓動を速めそうになる。

滑らないように気をつけながら谷のようになっている岩場を降りていくと、高層ビルのようにそびえ立つ硬い岩の壁に、ぽっかりといくつか横穴が開いているのが見えた。

そのうちの一つに、ホセは東海教授を連れて入って行った。

他のメンバーは別の場所を見ているようなので、そんな重要なところに陸のような下っ端が入ってもいいのか迷う。

縦横二メートルほどの穴の入り口で、どうしよう…と足を止めた時、斉木に軽く背中を押された。

「遠慮していたらどうにもならないぞ」

「…でも、おれ」

「おーい、ついてこないと置いていくよ」

斉木に言い返そうとしたところで穴の中からホセの声が響き、ほら…と再び背中に手を置かれる。

うなずいた陸は、覚悟を決めて穴の中に足を踏み出した。

入り口から数歩で真っ暗になり、腰に巻きつけたウエストポーチから、小型のライトを取り出す。

日本で生まれ育った陸が洞窟のイメージとして持っていたジメジメとしたものではなく、足元も触れた壁もカラリと乾燥していて、ざらざらとした砂の質感が伝わってくる。

内部は予想より広く、陸だけでなく斉木も背中を屈《かが》めることなく進めるようだ。

先を行くホセと東海教授のライトを追いかけていくと、二十メートルほど奥へ入ったところで十メートル四方の広い空間に出た。

そこの面積がわかったのは、空間の壁に沿っていくつかランタンが置かれていたからだ。

ホセと東海教授は、ひときわ明るいランタンを横に置いて石の壁に向かっている男の脇に、座り込んでいた。

三人はランプで岩を照らし、熱心に眺めている。息の詰まるような緊張感が漂っていて、近づけない。

陸はコクンと喉《のど》を鳴らした。

「なるほど。確かに」

東海教授の言葉に、中心にいる男が答える。

「これが、オシリス……そして、王冠を捧げるもの、だ」

ぶっきらぼうな口調の低い声が、岩窟内に反響した。陸からは背中しか見えないけれど、彼がカルロスだろうか。

……緊張しすぎて頭が痛くなってきた。小型のライトを握った手のひらに、じっとりと冷たい汗が滲んでいる。

「……そういえば、君らの名前…なんだった？」

振り返ったホセは立ち尽くす陸と斉木を手招きしながら、聞いてないよねぇ…？　と笑う。

一瞬、言ったのに…という冗談を口にしようかと思ったが、この場の雰囲気ではとうてい冗談など口にできるものではない。

「俺は…」

斉木が答えようとしたところで、ホセがストップと手のひらをこちらに向けた。

「ああ、できればファーストネームかニックネームでよろしく。日本人の名前は難しい」

「……ジュン、だ」

うなずいたホセの目が、陸に向けられる。

「おれは、リクです」

陸は、発音しやすい名前でよかった……と思いながら口にした。ホセも、同じことを感じたようだ。

「ジュンにリクね。覚えやすくて助かる。ここで石壁にキスしそうな勢いでしゃがみ込んでいるのが、カルロス・ガルシアだ」

やはり、彼がカルロスらしい。彼がこちらを向いてくれるものだと思い、陸は緊張のあまり直立不動になった。

ところがカルロスは、ホセに肩を叩かれても虫が止まったかのように手で払い、熱心に石を眺めているようだ。

こちらをチラリと見ることさえない。

「……熱中すると、こうなるんだ。悪気はないから気にしないでくれ」

ホセがフォローしてくれたけれど、陸は内心肩を落とした。

人嫌いなカルロスが、初対面の人間を近づけないというのは知っている。でも、隊長だというホセがこれほど好意的に接してくれるのだから、合同調査をするメンバーくらいは相手にしてくれるかと期待していたのだ。

でも、研究熱心な人が集中すると、周りが見えなくなる……というのはよくあることなので、陸は「ワガママなことを考えるな」と自分に言い聞かせた。

発掘に携わる人間には協調性があるということは、カルロスに限っては当てはまらないらしい。もしくは、その分まで陽気なホセがカバーしているのか…。

「ジュン、リク…これを見てごらん」

ホセに促された陸と斉木は、息を殺して光の当てられている部分を覗き込んだ。

確かに……目を凝らすと、明らかに人為的な凹凸が確認できる。ただ、ヒエログリフの図だと言われても、陸には削られているものの形さえよくわからない。

カルロスは、この形を読み取った上に解読したのか……。

改めて、目の前にいる男の有能さを知る。

「他にもあるかもしれんな。まずは、その確認か」

東海教授がつぶやいた言葉に、斉木がうなずいた。ズボンのベルト部分に挟んでいた大型の刷《は》毛《け》を手にするのを見て、陸も同じものを持った。

これで、足元と接している部分の岩壁や地面から突き出た石の表面についた砂を落とし、変わったものがないか探すのだ。

めぼしいところはあらかじめカルロスたちが確認しているはずなので、蟻《あり》の巣の入り口を見つけるくらいの注意深さで細かい部分を見なくてはいけない。

「ああ、注意が一つ」

部屋の隅に向かおうとした陸たちを、ホセが呼び止めた。

なにかと思えば、親指で足元を指差しながら物騒なことを口にする。

「下にシャフトがあるかもしれないから、無闇《むやみ》に跳ねたり暴れたりして振動を与えないように。ガラガラッと崩れる可能性がある」

シャフトとは、墓の盗掘を防ぐために造られた深い落とし穴だ。

十八〜十九王朝期に盛んに造られたものらしいので、年代的にはこの岩窟の推定創造期と合致する。

多くは盗掘者の目を誤魔化《ごまか》すために一目でわかるようむき出しになっているが、長い年月によって運ばれた砂やゴミが表面を覆い、トラップのようになっていることもたまにある。

その深さは平均して……落ちてみないとわからない。

「……わかった」

青ざめた陸がうなずくと、突然カルロスが顔を上げて振り向いた。心の準備をする間もなく視線が合ってしまい、ビクッと身体を硬直させてしまう。

「おい、嘘を教えるな」

陸は低い声がボソッとつぶやいた言葉の意味より、地面に置いたランプに照らし出されたカルロスの顔に呆然としてしまった。

美形だとは知っていたが……予想以上に印象的な容姿の持ち主だった。

目が逸《そ》らせなくなるほどの引力を持った真っ黒な瞳、そしてアンバランスなほど高くはない筋の通った鼻。少し厚い唇の端は、意思の強さを表しているようにギュッと引き結ばれている。

ゆるくクセのある髪は、光の乏しい岩窟内でも艶々としたカラスの濡れ羽色だとわかる。

ふと彼がスペイン系だということを思い出した。派手な原色を使った闘牛士の衣装も、カルロスなら難なく着こなしてしまうだろう。

魅入《みい》られたようにぼんやりと立ち尽くす陸に、カルロスは表情を変えることなく言葉を続ける。

「おまえ、ホセにからかわれたんだ。地中の超音波調査をしているんだから、そんなに深い穴があれば、とっくに見つかっている」

「そ、そうですよね。……ビックリした」

陸はハッと呪縛《じゅばく》から解かれたように瞬きをして、照れ隠しに前髪をくしゃっと握った。

そんな陸に、カルロスはクッ…と皮肉な笑みを浮かべる。

「子供は単純だな」

「……ッ」

いつもの陸なら、バカにされて黙ってはいない。なのに、ずっと憧れていた人物の口から出た毒のある言葉には、咄嗟《とっさ》に言い返すことができなかった。

なにより、意地の悪いかすかな笑みに心臓を摑まれたようだ。カルロスは、辛辣《しんらつ》なセリフを口にしてさえなお魅力的だった。

「カルロス……これからチームを組むんだから、いじめるなよ」

「いじめてなどない。思ったまま言っただけだ」

「それがだなぁ…」

ホセとカルロスの会話が耳に届いても、唇を嚙むのがやっとだ。

動くことのできない陸に、斉木が苦笑して「気にするな」と小さく口にする。陸に背を向けると、反対側の岩壁をじっくり眺め始めた。

……冗談を本気にして、怖がったおれがバカなのか？

陸は恨みがましくホセの背中を睨《にら》んでいた顔を伏せると、ふっと息をついて大きな刷毛を握りなおした。

ガキだからろくに作業をしない…などと、悔しいから絶対に思われたくない。

狭い空間に五人もいるのに、砂を払う刷毛の音とボソボソと言葉を交わす小さな声だけが響いていた。

《三》

発掘調査が始まって一週間が経《た》つと、かなり馴染んだ関係になった。

最初に一緒になったグループで作業を進めているのだが、東海教授は発掘現場にずっといるわけではなく、政府の視察の案内をしたりテレビ取材を受けたり……と雑多なことで忙しそうだ。

ホセも、フランス隊の隊長ということで、無線で呼ばれてはあちこちの現場に顔を出している。

自然と陸と斉木、カルロスが取り残されることが多くなるのだが、やっぱりカルロスは口が重い。斉木も口数は少ないほうだけど、それに拍車をかけて無口だ。

陸が話しかけても、カルロスから返ってくるのは「ああ…」とか、「うん」とか、「そうじゃない」とか。

これでは会話にもならない。もしかして、陸の名前も覚えていないのではないかと疑いたくなってしまう。

それでも、真剣な目で砂に埋もれた石畳を見据えるカルロスは、ずっと敬愛していた人物であることには変わりなくて……。

カルロスの作業を邪魔しないよう気をつけながら、懲《こ》りることなく話しかけ続けた。

ホセや斉木も、当然そんな陸の努力に気づいていて傍観している。なんだか、面白がられているような気がする。

「おーい。リクー、リクリク。こっちおいで」

いくら陸の名前が呼びやすいからといっても、あまり連呼されると犬になったような気分になる。

陸は手に持った刷毛の柄《え》をググ…と握りながら、立ち上がってホセを振り向いた。

「犬みたいに呼ぶなって。なに？」

まず抗議をしておいて、呼ばれたホセの傍に近づいた。

最初は遠慮がちだった陸に、ホセが「長いつき合いになるのだから遠慮するな」と言って、丁寧な言葉での会話を禁止したのだ。

先輩にあたる他のメンバーともすっかり打ち解け、敬語でしゃべるのは東海教授を相手にした時のみになってしまった。

ただ、メンバーの一員として認めてくれたというより、犬とか小さい子扱いをされているような錯覚を感じることがある。

陸が調査隊の中で最年少な上に、身体も小さいせいだろうか。

それでも負けん気が強くて、重い機材を率先して運んだり昼食の準備や後片づけを真っ先にしたり…という陸を見ていたメンバーたちは、見た目より根性があると何気なく言ってくれた。仲間であると本当に認められたようで、嬉しかった。

「岩にマークを貼ってくれる？　この図のとおりにね」

ホセがランプで照らした紙には、目の前にある石の壁と全く同じ並びの図が描かれていた。写真を基《もと》にしたのか、細かい石の形まで緻密に書き写されている。

その石の一つ一つに、番号が振られていた。

「明日、これを外すことになったから、その順番」

「……わかった」

なるほど……と思いながらうなずいた。事前に岩を外す順番を計算しておかなければ、崩落の危険がある。

下手したら、この石室が一気に崩れてしまうかもしれない。だから岩に粘着テープを貼り、そのテープにマジックでナンバーを記していくのだろう。

粘着テープと油性マジックを受け取った陸の肩を叩きながら、ホセがニヤリと笑った。

「カルロス、リクと一緒にやってくれ」

ホセの言葉に、ギョッとして目をやった先にいたカルロスは、長い腕を組んで石の壁を見上げていた。

いい男は、眉を寄せて難しい表情をしていても、やっぱりいい男だ。この一週間、毎日見ている顔なのに見とれてしまいそうになる。

ふとこちらを向いたカルロスと、一瞬だけ目が合う。

「ああ」

返事は無愛想な一言だけだったが、陸と一緒の作業を断られなかったことに安堵した。頻繁《ひんぱん》に話しかけてくる陸を疎《うと》ましいと思っているかもしれないけれど、少なくとも嫌われてはいないらしい。

「ジュンは僕と一緒に、アルバたちのヘルプをしてもらってもいい？」

「オーケー」

あっさりと斉木が出て行ってしまい、ちょっと待てと言う間もなく狭い石室にカルロスと二人きりにされてしまった。

奇妙な緊張が込み上げてきて、口の中がカラカラに渇いてくる。

少しずつ打ち解けてくれるようになったカルロスと、一気に仲良くなれるチャンスだ…。頭ではそうわかっているのに、こんな時に限ってなにを言えばいいのか思いつかない。

「……始めるか」

「う、うん」

床に置いたランプで図面を確認しながら、カルロスが五センチほどに切った粘着テープを貼る。その上に、油性ペンを持った陸が番号を記していった。

黙々と作業を進めたせいか、みるみるうちに石に貼られた粘着テープが増えていく。カルロスには無駄な動きがなくて、陸は心地よく与えられた作業をこなしていった。

陸が『53』と記したところで、カルロスの手が止まった。

「終わり？」

「ああ」

詰めていた息を吐いた陸は、上げっぱなしだった腕を下ろしてぐるぐると肩を回す。カルロスはそんな陸の隣で、図面と壁面のテープとを照らし合わせて最終確認をしていた。

陸は、間違っていたら申し訳ない……と、ドキドキしてくる。

無言で石に貼った粘着テープと図面のあいだに視線を往復させていたカルロスだが、満足のいくものだったのか図面を持っている手を下げた。

「……リク」

少し間をおいて名前を呼ばれ、陸はビクッと肩を揺らしてカルロスを見上げた。

「はいっ」

なにかマズイことをしていたのかと思い、上擦った声になってしまう。

無表情で陸を見下ろすカルロスは、少し躊躇《ためら》いながら唇を開いた。

「俺は……このとおり愛想もないし、気の利いたことも言えない。楽しい話し相手ではないと思うが、おまえは懲りずに話しかけてくる。変わった奴だな」

「え…っと、それは…」

カルロスがこれほど長い言葉を口にするのは、初めてだ。驚きと喜びが複雑に交錯してしまい、うまく言葉を返せない。頭の中が真っ白だ。

言いよどむ陸を厳しい目で凝視していたカルロスは、それが後ろめたさからの動揺に見えたのだろうか。

続いて口にした言葉は、先ほどよりずっと冷たい響きだった。

「俺よりホセに媚びたほうが、ずっと利益があるぞ。俺は世渡りが下手な現場バカだ」

陸は予想外の言葉に驚いて、慌てて首を振った。遠慮や緊張がスポンとどこかへ飛んで行ってしまう。

どうにかしてカルロスの誤解を解こうと、必死でカルロスの目を覗き込みながら訴えた。

「違うっ！　そんなんじゃなくて、おれはただ、カルロスと話したいだけだ。そりゃ…今までの発掘現場でのことを聞かせてもらえたら嬉しいな、とは思っていたけど、カルロスが嫌なら無理に聞き出すつもりはない。つきまとって鬱陶《うっとう》しいなら、あまり寄らないようにするから……」

……だから嫌わないでほしい、とは続けられなかった。

なんだか、別れ話を切り出した恋人に必死ですがっているみたいだと感じた陸は、そこでもごもごと言葉を切って視線を足元に落とす。

損得や計算ではなく、カルロス自身を尊敬していると……どう言えばわかってもらえるのだろうか。

「……そうか。年を取ると疑い深くなってダメだな」

苦い口調でボソッとつぶやいたカルロスは、うつむいた陸の髪をグシャグシャとかき乱した。そんなふうにされたのは初めてで、ドクンと大きく心臓が脈打つ。

「年って…まだ三十ちょっと…だよね」

「おまえから見れば、充分にオジサンだろ」

あれ……？　と疑問が頭によぎった。

顔を上げて、カルロスと視線を合わせる。淡いオレンジ色のランプの光は、カルロスのいつになくやわらかい表情を照らし出していた。

日本の調査メンバーは最初から知っているので別として、陸が自分の年齢を話したのは、ホセにだけ……だったような気がする。カルロスとホセのあいだで、わざわざ陸の年を話題にしたりはしないだろう。

「…あの、カルロス。おれをいくつだと思ってる？」

おずおずと尋ねた陸に、カルロスはわずかに眉を寄せて少し思案する。

「十…六くらいか？　日本のハイスクールのカリキュラムがどうなっているのか、少し不思議に思っていたんだが」

「……やっぱり。おれが通っているのは、ユニバーシティだよ。年は二十。驚いた？」

陸の言葉に、カルロスは無言で目を見開いた。わかりやすい驚きの表情だ。

もしかして、高校生くらいの子供が重要な発掘の現場に顔を突っ込んでいると思われたせいで、初対面の時に皮肉な調子で子供呼ばわりをされたのだろうか。

あまり密に接することのないフランス調査隊の他のメンバーにも、場違いな子供が紛れ込んでいると思われているのかもしれない。

だいたい、国際的な注目を浴びている今回の発掘調査に、高校生を連れてくるわけがないだろう。

「すまなかった」

コホンと空咳《からぜき》をしたカルロスは、陸が初めて目にする……気まずそうな、照れ臭そうな微笑を浮かべた。

今まで気難しい顔ばかり見ていたので、すごく新鮮だ。怖いくらい整っている容姿に人間味が出て、ますます魅力的なものになった。

目が合った瞬間、二人揃ってクックッと肩を揺らす。

狭い石室には、これまでで一番和《なご》んだ空気が漂っていた。

宿舎への帰りの車の中で、ポツポツとカルロスが話してくれたことを心の中で反芻《はんすう》する。

興味深い遺跡の話を、いくつも聞いた。世界史の教科書で学んでいても、実際に発掘作業に携わった人間が語ってくれるとリアリティが違う。なにより、教科書に載っていないことも多くあった。

中でも、インダス文明の中心として栄えていたといわれるモヘンジョ・ダロの話が陸の興味を引いた。

インダス川の流域で発見された約四五〇〇年前の古代遺跡が、古代文明の常識を覆す超計画都市ということは知っていた。

不思議なまでに完璧な区画整理がされた都市には、現代でも通用するほどの下水設備が整備されていたという資料を読んだことがある。

どんな人物が指揮して、どうやってそのような高度な都市を建設したのかは、未だに解明されていない。古代都市にはつきものの神殿や宮殿らしき遺跡もなく、王墓も発見されていないのだ。現代の科学でも解き明かすことのできない謎が、多く存在している。

最大の謎は、約六〇〇〇年間に亘《わた》って繁栄を誇ったと思われるこの高度な文明の、終焉の迎え方だった。

発掘調査で発見された人骨を調べても、滅亡の原因が特定できないらしい。

十体以上の人骨が一つの部屋から発見されたり、路上や井戸端と思われる場所で見つかったり……それらを調べた結果、伝染病説に始まって他民族の侵略説、集団自殺説……さらには核兵器による攻撃によって滅亡した、という仮説まである。

砂が高熱によって変化したと思われる、黒いガラス質の石に覆われた土地が遺跡の周辺で見つかったせいだが、核分裂を利用した兵器が開発されたのは二十世紀に入ってからだ。約四五〇〇年前に存在していたとは仮説であっても信じ難い。

ただ、他にどんな原因が考えられるのかと言われたら、匙《さじ》を投げるしかないというのが現実らしい。

三年前、発掘調査の機会を得てそこに立ったカルロスは、それまでの考古学的な常識が覆されたショックに一瞬で全身が総毛立《そうけだ》ったという。あれが約四五〇〇年前に建設されたものだとは、とうてい思えなかったと小さくつぶやいた。

小さな子供が母親に寝物語の童話をねだるように、床に座り込んだ陸は夢中になってカルロスの話に耳を傾けた。カルロスも、目を輝かせて一生懸命に話を聞く陸に、ゆっくりと根気強く話してくれた。

途中で挟む、初歩的な質問や疑問にも丁寧に答えてくれたのだ。

ホセが、今日はそろそろ引き揚げようと呼びに来るまで、陸は時間も忘れて夢中になった。

茜色の光が斜めに差し込む車中で、陸は何度目かのため息をついた。ため息といっても、憂鬱なものではなく満足の滲むものだ。

「カルロスと、ずいぶん仲よくなれたんだな」

仮眠を取っているメンバーを気遣ってか、声を潜《ひそ》めた斉木に話しかけられて、陸は大きくうなずいた。

「なんか…夢を見てるみたいで……」

たとえハリウッドのスターと会話をしても、これほどまでに夢心地な気分にはならないだろう。カルロスがなかなか他人に心を開いてくれないと知っていたので、尚更嬉しいのかもしれない。まるで、彼の『特別』になれたようで……。

「……熱烈な恋みたいだな」

苦笑した斉木の口から出た言葉に、ギクリと身体が強張《こわば》った。自分のそんな反応に、ますます焦りが込み上げてくる。

「ちっ、違います。確かにおれはカルロスを尊敬しているけど、そういうんじゃなくて……ッ！」

「わかってる。からかっただけだ」

声のボリュームを上げた陸の口を、斉木の大きな手が覆った。もう平気…と斉木の手を叩いて、深く息をつく。

心臓が……変だ。ドキドキしている。まるで図星を指されたみたいに……？

「本当に、違いますからね」

斉木と自分、両方に念を押す。必死で言い訳をすることが、すでに深みにはまりかけている…

とは、陸本人に自覚はない。

「……ムキになるな。ますますアヤシイ。っていうのは冗談だが、中にはおまえがカルロスと打ち解けているのを、面白く思わないヤツもいるからな。うまくやりやがって…というつまらん嫉妬だ。おまえが悪いわけじゃないが、少し気をつけろ」

斉木はふと声を潜めて、陸にだけ聞こえる音量でそう言った。

カルロスと少しでも話したいと夢中だった陸は、そんな可能性を考えてもいなかったので驚いた。

確かに、フランス調査隊の中でもカルロスが親しく言葉を交わすのはホセを含めた三、四人だ。陸のような大して役に立たない人間が、馴れ馴れしくカルロスの周りをうろつくことをよく思わない人もいるだろう。

「……はい」

しょんぼりと肩を落とした陸の腕を、斉木が「あまり気にするなよ」という仕草で軽く叩いた。

□□□

いつもは陸と斉木、カルロスと…たまにホセ、という四人しかいない石室だが、今日は壁になっている石積みを外すということで、普段の三倍の人数が集まってきていた。

東海教授とホセが最終確認をして、腕力に自信のある三人が『1』と陸が記した石を壁面から外す。十キロはありそうな巨大な石だ。

本当は報道局のカメラが入りたがっていたらしいが、確認が済むまで遠慮してくれと東海教授が断ったらしい。

「そっと置いてください。よし……次、『2』を外してみましょう」

東海教授の指示によって、慎重に作業が進められていく。狭い空間には息苦しいような緊張感が満ちていて、陸は後ろのほうで背伸びをして見守った。

屈み込んだ東海教授は、刷毛で石があった部分の砂を払ってライトでその奥を照らした。

「うん…思ったとおりだ。下に空洞がある。石段があるかもしれませんね」

静まり返っていた空間に東海教授の声が響き……一気に歓声が上がった。

下に空洞があるということは、ここが墓なら副葬品などを安置した部屋があるかもしれないということで……。

もしかしたら、墓の主も発見することができるかもしれない。

陸も、隣に立つ斉木と手を叩き合った。ホセやカルロスの傍に行けないのが残念だ。

「喜ぶのはまだ早いぞ。次の石だ」

浮き足立つメンバーに向かって、ホセがいつになく真剣な声で水を差す。

確かに、この石をすべて取り外した向こう側になにがあるのかは、まだわからない。期待どおりに副室《ふくしつ》や玄室《げんしつ》があるかもしれないし、なにもないかもしれない。

半分ほど石を外したところで、東海教授の腰に下げられている無線機からノイズ混じりの声が聞こえてきた。

『平井です。教授、ちょっと見てくれませんか。なにか…装飾品のようなものが出てきたのですが』

「わかった。少し待っていてください」

応答して無線端末を腰に戻した東海教授が、周りにいるフランス隊のメンバーに英語で説明をすると、驚きの声が上がる。発掘調査を始めて一週間以上になるが、具体的なものは今までなにも見つからなかったのだ。

もし、それが古代のものなら……出てきたものによって、この一帯が推測どおりに墓窟なのか否かの判断材料にもなる。誰が葬られているかの特定もできるかもしれない。

「ここの続きは、昼食後にしよう。すまないけど、写真だけ撮っておいてください」

東海教授が外に向かって歩き始めると、周りで見ていた人もついていってしまう。

写真を……と東海教授に声をかけられた院生も、

「吉見、写真撮っておいて」

そう言いながら陸の手にカメラを押しつけて、東海教授たちの後を追ってしまった。

これまでの十数人から、陸とホセ、それにカルロスと斉木の四人だけになった石室は、急に広くなったように感じる。

とりあえず、言われたとおりに写真を撮っておこう……。そう思った陸は、半分ほど石の外された壁に向かってシャッターを切った。ついでに、そこから外した石を積んである部分もカメラに収める。

「石を動かさないなら、四人もいらないだろう。俺もホセと一緒にあっちを見てくる。……頑張れよ」

最初は英語で、つけたしのような最後の部分だけは日本語で言った斉木に、陸は慌てて首を横に振った。

「な…っ、違いますって」

陸をからかっているだけかもしれないが、ついムキになって否定してしまう。

確かにカルロスは好きだけど、それは学者として尊敬しているのであって、斉木がからかうように恋がなんとか…という感情では決してない。

日本語での、陸と斉木のやり取りの意味がわからないのだろう。不思議そうな顔をしたホセだが、斉木に促されるまま石室を出て行ってしまった。

後には、カルロスと陸だけが残されてしまう。

「リク？　撮らなくていいのか？」

「あ…撮るよっ」

ぼんやりとしている陸の肩にカルロスの手が置かれる。ハッと我に返り、カメラを構えた。

今朝まで石室の壁だった部分は、陸の腰辺りまで石が外されている。しゃがみ込んだ陸は、真っ暗な空間をカメラのレンズ越しに覗き込んだ。

ぽっかりと開いた穴の奥がどうなっているのか、見当もつかない。覗いてみたい……という好奇心がむくむくと湧《わ》いてくる。

足を踏み入れるのは東海教授が最初だということはわかっているけれど、見るくらいなら許してもらえるかもしれない……。

そんな期待を込めて、

「カルロス……覗き込んでもいいかな」

右脇に立っているカルロスをしゃがんだまま見上げると、手に持っていた小型のライトを陸に差し出した。

「LEDのライトだ。リクのものより、明るい」

陸が手にしている電球を使ったライトより、ずっと明度の高いライトだ。ハッキリとは言わなかったけれど、OKということだろう。

「…ありがとう」

淡いランプの光の中でカルロスと目が合った途端、「熱烈な恋」という斉木の言葉を思い出した。

変に意識するほうがおかしいとわかっていても、真っ黒の瞳からついギクシャクと目を逸らしてしまう。

「えーと…奥、どうなっているんだろう……」

白色の強いライトで真っ暗な穴の奥を照らし、目を凝らす。

……自然の岩を削って作ったような、壁と天井…下にライトを向けると、明らかに人為的なものと思われる石段のようなものがある。

「すごい……」

崩落防止のための木枠を組んでもいない、未踏の遺跡を目にするのは初めてだった。資料写真で見たことはあるが、今陸の前に広がるのは現物なのだ。

なんとなく薄かった実感と感動が、今頃になってじわじわと込み上げる。

「ホセは、この奥にここより広い前室があるはずだと言うんだ。リクはどう思う？」

「……ッ！」

スッとしゃがんだカルロスは、自然な仕草で陸の肩に長い左腕を回した。なんの意味もない、友人に対する仕草だったはずだ。

それに過剰反応した陸が悪い。

「…わ、ぁっ！」

咄嗟《とっさ》に飛びのこうとした陸は、グラリとバランスを崩してしまった。ずっと屈んでいたせいで、足が痺れていたのが予想外だった。

倒れかかったのは、下半分の石が取り除かれた石壁で……暗い穴に向かって身体を投げ出してしまう。

「いてて。ビックリした…」

派手に舞い上がった砂埃が目に入り、痛い。今は暗くて見えないけれど、外に出たら全身が真っ白になっているだろう。

「大丈夫か？　リク」

「うん…」

石室のほうから覗き込んだカルロスが、大丈夫かと言いながら手を差し出してくれた瞬間。

ズッ…と床に着いた右足が地面に沈んだ。

「う……わ…ッ！」

なにかに地中へと引きずり込まれるように足元が崩れ、目を見開いたカルロスが手を伸ばしてくるのが視界に入った。

痛いほどの力で右手首を摑まれたと思ったと同時に、完全に陸の足の下から地面が消える。

……シャフトがあるかもしれない。

浮遊感に包まれながら、初日にホセが口にした言葉が頭に浮かぶ。

盗掘防止のためのシャフトの深さは、何メートル…何十メートルかもわからない。古代エジプト人は、現代人がまさかと思うようなものを大量に造り上げているのだ。五十メートル以上の深さがあったとしても、不思議ではない。

とんでもない失態だ。しかも、カルロスを巻き込んでしまった。ここで死んだら、ニュースになるだろうか。……父親と同じように、母親を泣かせてしまう。大学にも申し訳ない。ホセや斉木は、どんな顔をするだろう…。

死ぬ間際にはこれまでの人生が走馬灯のように見えるというけれど、落ちていくたった数秒から数十秒のあいだに、いろんなものが止めどなく陸の頭に浮かんでは消えた。

《四》

全身が冷たい。まるで、冷水の中を漂っているようだ。

実際に、チョロチョロと水の流れるような音と…ピチャンという水滴の落ちる音が、どこからか聞こえてくる。

「おい、リク……目を開けろ！」

「んっ」

痛いくらいの力で頬を叩かれて、重い瞼《まぶた》を開いた。ぼんやりとした光と、心配そうに眉を寄せて陸を見つめている端整な顔が見える……。

「え…カルロスっ？」

急激な覚醒に身体がついていかず、ビクッと全身の筋肉が痙攣する。どうやら、カルロスの腕に上半身を抱えられているようだ。

「ああ…急に動くな。どこか痛いところはあるか？」

大きな手が陸の頬や首筋に触れ、肩から腕へと下がっていく。どこまでも触られそうな勢いに、慌てて言葉を返した。

「だ、大丈夫みたいだ。ここ……は？」

ぼんやりとした光は、カルロスが手にしているライトのものらしい。周囲を見回しても、ゴツゴツとした岩しか目に入らない。洞窟のような感じだが意外と広く、陸とカルロスが立って歩くことくらいはできそうだ。

それに、下半身が冷たいのは、三十センチほどの水の中にベッタリと座り込んでいるせいらしい。

なにがあったのか記憶を辿り……落ちていく感覚を思い出した。ゾクッと肩を震わせる。

「ケガっ！　カルロス、ケガしていないか？」

顔から血の気が引いた陸は、カルロスが着ているシャツの襟元を摑んで目を凝らした。

こうして見る限り、どこからも血が流れたりはしていないようだが、見えない部分に大ケガをしているかもしれない。

自分のせいで、カルロスにケガをさせてしまったかもしれないと考えると、恐慌状態に陥りそうになる。

「俺は大丈夫だ。落ち着け」

襟元を摑んだ陸の手に、大きな手が重ねられる。その手があたたかくて…パニック状態だった頭がスッと静まるのがわかった。

「…カルロス、ここはどこなんだ？　おれたち、生きてるよな……？」

かなりの距離を落ちたはずなのに、二人とも無事というのが不思議で首を捻《ひね》った。落ちたのは、岩窟内のシャフトだったはずだ。どうして水の流れる洞窟のようなところにいるのか、わからない。

陸の手を引いて座り込んでいた水の中から立ち上がらせると、カルロスはゆっくりと状況を説明してくれた。

「どうやら、落ちたシャフトの下に地下水路があったようだ。おかげでケガがなかったのだと思うが、どれくらい下流に流されたのか……見当もつかない。陸がライトを握っていてくれて助かった」

落ちてからも、陸は手にしていたライトを握り締めていたようだ。防水になっているのも幸運だった。

「……これはダメだな」

腰につけていた無線機を弄《いじ》ったカルロスが、やっぱりな…とため息をつく。

二人とも発掘用の道具を入れたウエストポーチを身につけているけれど、この場で役に立ちそうなものはなにもない。

「ごめん、カルロス…。おれがバカなことやったから」

……あの時、伸ばされたカルロスの手を振り払って、一人で落ちていればよかった。

そう思いながらうな垂れた陸の背中を、大きな手がポンポンと叩く。言葉はなくても、怒っていない…慰めてくれているのだと伝わってきた。

口下手なカルロスが、本当は優しくてゆったりとした心の人間だということを、毎日接していた陸は知っている。

「ホセたちが捜してくれるだろうが、水の中でじっとしているのは寒いな。動こう。上流と下流、どっちへ歩く？」

確かに、水が流れる地下水路はかなり気温が低い。全身が濡れた状態だと、寒くてたまらない。

上流と下流、どちらにするか……選択を迫られた陸は頭を悩ませた。

落ちたところから、どれくらいの距離を流されたのかわからない。たとえ落ちた地点へ戻ったとしても、地上に這い上がるのは難しい高さだろう。

でも、このまま水の流れに沿って歩くのも不安だ。少なくとも、落ちたところまで戻れば誰かが上にいるに違いない。

「…戻ろう」

そう結論づけた陸に、カルロスからの異論はなかった。どちらにしても、陸の選択についてくるつもりだったのかもしれない。

ライトの明かりを頼りに、水の流れに逆らって歩き出した陸とカルロスだが、数十メートルもいかないうちに誤りに気づいた。

「つぶ……」

突然陸の身体が深みに落ち込み、一瞬で頭の上まで水に浸かった。見開いた目の前が、真っ暗になる。

……息ができない。溺《おぼ》れるっ。

全く身構えていなかったせいで、どうすれば水面に上がれるのかもわからず混乱した。闇雲に手を伸ばして水を掻き、すがれるものを探す。

「リク！」

カルロスがすぐに引き上げてくれたが、驚きのあまり心臓が猛スピードで脈打っている。足先さえ底につかなかったので、二メートル以上の深さがあるのだろう。カルロスの足元に座り込んだ陸は、呆然と水面を見つめた。

「……下流へ、行けるところまで行ってみよう」

水に浮いていたライトを回収したカルロスが、陸の背中をさすりながら言った。

確かに、深いところを泳ぐとしても、流れに逆らうよりも流れに乗ったほうが楽だろう。うなずいた陸の手を取り、今度はカルロスが先に立って歩く。どうやら、エスコートされているらしい。

手を放してくれ……ということもできず、じゃぶじゃぶと水音を立てながら先の見えない水路を歩き続けた。

カルロスが一緒だからか、不安はそれほど感じない。不安どころか、心強かった。

「リク、なにか話せ」

「うん……」

うなずいたのはいいけれど、なにを話せばいいのかわからない。戸惑っていると、カルロスから尋ねてきた。

「リクは、どうして考古学を勉強しようと思った？」

答えを躊躇ったのは、わずかな時間だった。

カルロスになら、世間向けの当たり障りのない理由でなく本当の動機を話しても大丈夫だと、妙に確信していた。

「おれの…父親が考古学者だったんだ。正確には、学者というより冒険家かもしれない。いつか、伝説の超古代文明を見つけるんだって、口癖のように言っていた。ただ、世間や考古学界にはバカにされていたみたいで、母親はかなり肩身の狭い思いをしたみたい」

「ああ……」

陸の手を引いて歩くカルロスは、短く一言だけ相づちを打った。

足元に視線を落として歩きながら、陸は言葉を続ける。

「そのうち、夢物語みたいなことまで言い出して…世界中を放浪するようになった。母方の実家が資産家だったから、そこに借金をしてじいちゃんにまで嫌われていた。おれが最後に父親を見たのは、五歳の時かな。レムリア大陸を探してくるとだけ言い残して、行方不明になった。きっと、どこかで死んでいると思う」

「レムリア大陸、か。アトランティス、ムーと並ぶ伝説だな……」

カルロスの低い声は、いつもと同じ淡々としたもので……それが嬉しかった。

一線で活躍している考古学者なのに、実在したかどうかもわからない古代遺跡の話を真剣に受け止めてくれた。

繋《つな》いだ手から、あたたかい感情が流れてくるみたいだ。

「レムリア大陸は、インド洋の沖に沈んでいるというのが最も有力な説だ。夢物語という人間もいるだろうが、俺は百パーセント存在しないと否定はしない。ハワード・カーターも自分を信じてあきらめなかった。考古学は否定したらそこで終わりだ。実際に、二十一世紀の今でも未発見の遺跡が出てくるんだからな」

いつもはぽつぽつとしかしゃべらないのに、懸命に話してくれる。カルロスの言葉を聞いていると、鼻の奥がツンと痛くなるのを感じた。

今まで、母親と陸の二人だけが父親を信じていた。祖父も、テレビに出るような学者もバカにするから、成長するにつれて人前で父親のことを話さなくなった。

間違っていないと肯定してくれるのが、これほど嬉しいものだとは知らなかった。

「リク……？」

ズッと鼻をすすった陸を、足を止めたカルロスが振り返る。暗いので、目や鼻が赤くなっているのは幸い見られないだろう。

「たくさん勉強して、おれがいつか伝説の大陸を見つける。存在することを証明して、父親は間違っていなかったと胸を張る。母親と、そう約束した」

「……いい夢だ」

やわらかい声でそう言ったカルロスは、小さな子供を腕にするようにそっと陸を抱き寄せて、背中を撫でた。

胸の奥が……あたたかくなる。

声がかすれていると、気づかれてしまったのかもしれない。

「俺は陸とは正反対だな。成金で、なんでも金をかけて新しくすればいいという考えの父親に反発して、この世界に入った。俺が自分の顔を嫌いなのも、数え切れないくらいの愛人を囲って母親を泣かせた挙げ句に捨てたあいつにそっくりだからだ」

一度そこで言葉を切ったカルロスは、喉の奥から絞り出すような声で続けた。

「……親父を憎んでいる」

憎いという言葉に、陸は胸が痛くなるのを感じた。実の父親を憎むまでには、どれほどの苦痛があったのだろう。

陸も父親をろくでなし呼ばわりしてバカにする祖父が嫌いだが、憎いというほどの激しい感情は持っていない。

そんな感情を抱かなければならないということが、すごく哀しいことのように感じた。

「まいったな」

「……？」

苦い口調でぽつんとつぶやいたカルロスを、陸は腕の中から見上げた。

ライトを持ったカルロスの手は、陸の背中に回っている。首から上はぼんやりとした明るさなので、カルロスがどんな顔をしているのかハッキリ見ることはできない。

「この話はホセしか知らないことだ。あまりにも陸が素直だから、つられた」

苦笑を滲ませた声だ。陸の背中を抱く腕が、ギュ…と一瞬だけ強くなって離れていった。

急に寒くなったような気がして、陸は肩を震わせた。

カルロスに、もっと…抱き締めていてほしかった……？

…まさか。

自問自答した途端、カッと顔が熱くなるのを感じる。まさかと否定しても、どんどん首から上に血が集まっていく。

ホセ以外は知らない…というカルロスの話を、聞かせてもらえたのが嬉しかった。少し弱ったような、照れたような声を聞いたのは初めてで、胸の奥から愛しさが湧いてきた。

憧れという言葉に当てはめることができないほど、胸が……苦しい。

「行こう」

歩みを再開したカルロスに再び手を握られ、ドクンと大きく心臓が脈打った。

同時に、おれはカルロスが好き……なのか、と妙に納得する。

今まで、同性に抱いたことのないこの感情を、既存の言葉で言い表すなら…もう『恋』だと認めるしかないだろう。

びしょ濡れの身体は寒いのに、カルロスに握られた右手と頬だけが熱い。

難しい人を好きになってしまったな……と。

水の中を進みながら、自嘲の笑みを浮かべた。


どれくらいの時間、水路を歩いただろうか。

二時間にも三時間にも思えるほどの時間が経った頃、ふとカルロスが歩みを止めた。

「カルロス……？」

「リク、見えるか？　明かりだ」

カルロスが手にしていたライトを消した。それでも、水路内はぼんやりと明るくて……。どこからか、光が差し込んでいるのがわかる。

無言で顔を見合わせたカルロスと陸は、じゃぶじゃぶと大股で水の中を進む。歩き疲れていた足が自然と軽くなった。

少しずつ、少しずつ明るさが増してくる。

ふくらはぎあたりだった水の深さが膝を越え、太腿《ふともも》から腰のあたりまで来たけれど、気にすることなく前へ進み続けた。

「……ここから外へ出られそうだな」

やがて、水路の天井部分にぽっかりと穴が開いているのを見つけた。太陽の光がキラキラと水面で反射して、眩しい。

暗さに慣れていた目には、痛いほどで……何度もまばたきを繰り返した。

これほど、太陽の光をありがたいと思ったのは初めてだ。気を抜いたら、涙腺がゆるみそうになってしまう。

「リク、俺が下で支えるから先に出ろ」

天井部分を見上げていたカルロスは、陸を振り向いてそう言った。

確かに、穴までの距離は二メートル以上あって、手を伸ばしても届かない。

懸垂の要領で身体を引き上げればいいだろうと思うけれど、腰まで水に浸かりながら飛びつくのは難しいだろう。

水路内はじっとりと湿っていて、足をかけるところがあっても滑り落ちてしまいそうだ。

「カルロスが先に出たほうがいいよっ」

陸は先に出ろというカルロスに、首を横に振ってみせる。

自分が先に出て、万が一カルロスを引っ張り上げることができなかったら……と考えただけでゾッとする。

「おまえが俺を支えるのは無理だ。いいから出ろ。見たところ、この穴は人工的に開けられている。近くに人が住んでいるはずだ。おまえが俺を引き上げるのは無理だと思ったら、誰か呼んできたらいい」

確かに、カルロスの言うとおりだ。理路整然とした言葉に反論する理由が見つからず、渋々うなずいた。

「しゃがむから、肩に足を乗せろ。ああ、靴は脱ぐな。ケガをしたらいけない」

カルロスの肩を踏みつけろという言葉に、陸は水の中で靴を脱ごうとしたけれど、行動を予測されて先に止められてしまった。

うまくいかなかったら、どうしよう……。そう思うと、際限なく不安が込み上げてくる。

子供のような頼りない顔をしていたのだろう。カルロスの指が、濡れて額にはりついた陸の前髪をかき分ける。

「……泣きそうな顔をするな。もし失敗したら、成功するまで繰り返しやればいいだけだ」

「うん」

カルロスの言葉は、陸の不安を見事に消した上に背中を押してくれた。

水の中に首まで浸かったカルロスの両肩を、躊躇いがちに靴の裏で踏む。

「もういいか？　ゆっくり立つからな」

合図をしたカルロスがじわじわと立ち上がる。陸はゴツゴツとした壁に手をつきながら、バランスを取った。

陸の身長一七〇センチと、陸より十五センチ以上高いカルロスの身長を合わせると、ゆうに三メートルを超えるはずだ。

明るい穴の外へ向かって手を伸ばすと、木枠のようなものに指が触れた。カルロスの推測どおり、この穴は水を汲むため人為的に掘られたものなのだろう。

「出られそうか？」

「うん…なんとか、なりそう」

「俺が合図をしたら、思い切り伸び上がれ。いいか。……よしっ！」

掛け声と共に、グッと足首を摑まれて身体が浮き上がった。腕に渾身の力を込めた陸は、夢中で身体を引き摺り上げる。

眩しさのあまり、目の前は真っ白で……それでも必死で歯を食い縛って穴から這い上がった。

カルロスが、足の裏を押し上げてくれたのがわかった。

半袖のシャツから出ている部分を何度か擦《こす》ったけれど、それを痛いとも感じないほど懸命だった。

「はぁ……はぁっ」

周りを見渡す余裕もなく、地面に転がって荒い息を繰り返す。酷使した腕の筋肉が、ぶるぶると痙攣していた。

「リク！　大丈夫か？」

穴の中からカルロスの声が聞こえてきて、陸は慌てて転がっていた身体を起こすと、出てきたばかりの穴を覗き込んだ。

「大丈夫！　ちょっと待ってて。近くに人がいないか探してくる」

「わかった」

そこで初めて自分の周りを見渡した陸は、真っ先に視界へ飛び込んできたものに驚いて、呆然と目を見開いた。

さっきまで、巨大な岩と砂ばかりが広がる場所にいたはずなのに……真っ赤な花が咲いている。

陸の頭上に影を落とす背の高い木は、ナツメヤシだろうか。

早く、カルロスを出してあげなければならない。そうわかっていても、驚愕に硬直した身体が動いてくれない。

「あ……」

足元に視線を落とすと、粗く編まれたロープと、その先に木のバケツがくくりつけられているものが目に入った。この穴から水を汲み出すための道具だろう。

乾燥した木の皮や蔓《つる》のようなもので作られたロープは、意外としっかりしている。簡単に切れそうにないのを確認して、使わせてもらうことにした。

少し考え、陸の力だけではカルロスを引っ張り上げられないだろうから、ヤシの木に助けてもらうことにする。

穴に落とす長さを残し、くるっとヤシの幹に巻きつけて端を強く握り締めた。

「カルロス、それに摑まって」

声をかけるとバケツがついたほうを穴に落として、しっかりと地面に両足を踏みしめる。

グッ強く引っ張られる感覚に続き、ギリッとヤシの幹に絡んだロープがきしんだ音を立てた。

頼むから、切れないでくれ……と。手にロープが食い込む痛みに耐えながら、陸はカルロスが早く上がってきてくれるのを願った。

まずは、穴の中から伸びてきた手がロープを握り直す。続いて、真っ黒な髪がひょっこりと現れた。ロープから手を放したと思えば、グッと地面に肘をつく。

軽やかに身体が持ち上がって、足をかけて穴から出たカルロスが地面に座り込んだ。

「カルロス……」

握り締めていたロープの端から手を放した陸は、カルロスの傍へ駆け寄った。

まだ目が明るさに慣れていないのか、カルロスは眩しそうに目の上を手で覆っている。明るいところで見ても、ケガはなさそうでホッとした。

「よかった…」

安堵のあまり、全身から力が抜けそうになった。

子供みたいで恥ずかしいから口にはできないが、暗い穴から外へ出られても一人では心細かったのだ。カルロスが傍にいてくれるだけで、不安がどこかへいってしまう。

「リク、悪いがバケツを引っ張り上げてくれるか」

難しい表情で目を細めているカルロスにうなずくと、穴の中に残されているバケツを引っ張り上げる。

その中にライトが入っているのを見つけて、小さな笑みが零れた。

「はい。回収終了」

ライトを差し出した陸の手首を、突然強い力でカルロスが握った。驚いて、ライトを地面に落としてしまう。

「……おい、これはどうした？」

目が明るさに慣れ、ハッキリと見えるようになったのだろう。陸の手のひらを、睨むように見据えている。

握り締めていた粗いロープが手の中を滑った時の摩擦で、ところどころ皮が剥けてぽつぽつと血が滲んでいた。

「あ…平気」

「そういうことを聞いているんじゃない。さっきの…ロープか？　どうして、そこにあるヤシの木にくくりつけなかったんだ」

手を引こうとした陸を許してくれずに、カルロスはもう片方の手も摑んで同じ状態になっているのを確認すると、ますます表情を険しくする。

怒る理由は、心配してくれているからだろう。

それはわかっていたけれど、陸は小さな声で反論した。

「だって…それは、ここに水を汲みにくる人のものだろ。解けないようヤシの木に固く結びつけて、もし外れなくなったら困るだろうから。木が折れたり、ロープが切れたりするかもしれないっていうのも心配だったし……」

「だからって…おまえが痛い思いをすることはないだろう」

陸よりも痛そうな顔でそう言ったカルロスは、他人のケガを見るのも苦手なタイプなのだろう。

意外な弱点を知った陸は、クスクスと笑いながら身体の後ろへ両手を隠した。

「見た目より痛くないよ。それより、ここ……どこかわかる？」

強引に話を切り替えると、改めて周りを見渡す。

この一角にのみ、荒涼とした土地にはありえないヤシの木や草花が生えているのは、地下水がもたらした恵みだろうか。

エジプト国土の九割以上を砂漠が占めているはずだが、ところどころにオアシスがあり、そこを中心に村が存在すると聞いたことがある。その一つかもしれない。

「太陽がこの方向に見えるということは、西に流されたのだろう。発掘現場からどれくらい離れたのかはわからん。国境は越えていないはずだから、西方砂漠に点在するオアシスのどれかだろうとは思うが……」

カルロスは首を捻りながら思案している。

地図に載っていない小規模なオアシスという可能性もあるのだろう。

「誰か…人を探そう。村に通信手段があれば、ホセたちに連絡することができる」

立ち上がったカルロスは、興味深そうにヤシの木や鮮やかな赤い花を見ながら歩き始めた。もちろん陸も後についていく。

突然足を止めたカルロスがしゃがみ込み、なにか…草をちぎった。どうするのかと思って見ていると、葉の部分を少し齧《かじ》って咀嚼《そしゃく》している。

「なに、それ……。変なもの食べたら、お腹壊すんじゃないか?」

そういえば、昼食を口にする前に落ちて流されたのだった。道端の草を食べたくなるほど空腹だったのだろうか。

陸のほうは、緊張の連続で空腹を感じる余裕もない。

「大丈夫だ。うん…これだな」

納得するようにうなずいたカルロスは、指の腹で草をくしゃくしゃと丸めた。深緑の汁が滲み、青くさい匂いがする。

「生だと苦いからサラダには不向きだが、この草は傷薬代わりになる。煎じて飲めば、下痢止めにもなるしな」

「……よく知ってるね」

手首を摑まれ、手のひらの擦り傷に深緑の汁を落とされる。一瞬沁みたけれど、ピクッと眉を揺らすだけで耐えた。

「フィールドワークが好きで、デスクワークが嫌いなだけだ。だから研究者と呼ばれるのは納得しかねる」

ふー…と陸の手のひらに息を吹きかけて乾燥させると、カルロスは再び歩き始めた。あちこちに生えている草や花を指差して、一つずつ効能を教えてくれる。

アロエによく似たサボテンを指差して、果肉が火傷《やけど》に効く？　と尋ねた陸に、笑ってうなずいてくれた。

カルロスが一緒だからか、知らない場所にいるという不安よりも好奇心を刺激された。

丘のようになっているこんもりとした部分に出た途端、視界が開けた。

「うわ……」

思わず感嘆の声を上げる。

下のほうに人家らしき建物が固まってあるのが見える。緑の木々があるのは一キロ四方ほどで、あとは見渡す限り巨岩の転がる砂漠だった。水平線は見たことがあるけれど、地平線など初めて目にした。キラキラと黄金《こがね》色に輝いているみたいだ。

「あそこへ行ってみよう」

異論などあるわけもなく、陸はカルロスについて丘を下った。乾燥した風のおかげで、濡れていた服はみるみるうちに乾いていく。

高いところから見ると近くに思えたが、なかなか建物に辿り着かない。

歩いていると、ヤシの木のあいだに人の手が入れられた畑らしきものがあるのも確認できた。囲いが作られて、ヤギや鶏も飼育されているようだ。ここで生活している人間が、確実にいるということの証明に思えて、希望を奮い立たされる。

「あ…」

建物の半分が地下になっているところから人が出てきて、陸は目を輝かせた。

ストンとした簡素な布の…長いワンピースのような服を着ている。通気性のいい、ガラベイヤという民族衣装の一種だろう。耳の下から顎を覆う黒い髭《ひげ》のおかげで、男性だということがわかった。

その人は陸とカルロスを目にした途端、手に持っていた布の袋を落として叫び声を上げた。

「……!?　……ッ!」

言葉はわからないが、ずいぶんと取り乱しながらどこかへ走っていってしまう。あまりの驚きように、呼び止めるタイミングを外してしまった。

「え、ちょっと待っ……て」

「……どこの部族だ」

むなしくつぶやいた陸とは違い、カルロスは冷静な声でそう言ってかすかに眉を寄せた。

化け物に遭遇したような反応をされた陸は、困惑した表情でカルロスを見上げる。

「カルロスは、言葉…わかる？」

「ああ…たぶん。アラビア語の中でも、アーンミーヤと呼ばれる方言だな。それも、独特の変化をしているようだが」

心強い存在だ。今の陸は、ここで放り出されたら途方に暮れることしかできない。

思わず、カルロスの腕をギュッと掴んだ。心細さが伝わったのか、カルロスは振りほどくこともなく苦笑を浮かべて陸を見下ろしている。

人の声が近づいてきたのに気づいて顔を上げると、同じような服を着た十人ほどの人が陸たちを指差しながら歩いてくるのがわかった。

五メートルほど距離を残して止まり、マジマジと見られている。

……普段は物怖《ものお》じしない陸でも、さすがに怖い。

ただ、突然攻撃してくるような凶暴な民族ではないようなので、少しだけ安心した。

「話しかけてみるか」

妙な緊張感の漂う中、カルロスが小さなため息をついた。

その時、目の前の人だかりが左右に割れた。なにかと思えば、後ろのほうから真っ白な髪と髭の老人が進み出る。

着ている服は他の人と同じものだったが、ジャラジャラと装飾品を首にかけて木製の腕輪もしている。右手に持った杖の柄の部分には、鮮やかな紅色の布が巻きつけられていた。

周りの反応を見ると、どうやら、この中でも権力のある人物のようだ。長老のような存在だろうか。

「……？」

話しかけてきた老人の言葉に、カルロスが短く答えた。

途端にザワザワとざわめきが広がる。見るからに外国人のカルロスが、彼らの言葉を理解できるのが意外だったのかもしれない。

言葉を交わす老人とカルロスを、話している内容のわからない陸はぼんやりと眺めているしかできない。

なにより、十数人の男の目が陸に注がれているのを感じて身体を小さくした。

得体の知れない、なんとなくじっとりとした視線だ。

会話を終えた老人が背を向けて歩き出すと、周りの男もその後についていく。ずっと張りついていた視線から解放されて、ホッと詰めていた息を吐き出した。

「カルロス？」

陸は、どうなったのだと目に疑問を込めてカルロスを見上げた。

「あの老人がこの集落の首長らしい。とりあえず、彼の自宅へ案内されることになった」

「……そこに連絡手段が？」

「いや、わからない。どうもハッキリしなくてな…」

ただ、ここでぼんやりしていてもどうにもならない…ということだけは確かだ。

小さくうなずき合った陸とカルロスは、男たちの後をだいぶん遅れて歩き始めた。

《五》

案内された首長の家は、地面を一メートルほど掘った上に造られていて、半分が地中に埋まるような円形の住居だった。

広さは直径十メートルくらいだろうか。仕切りは一切なく、寝食をすべてこの空間で行っているようだ。ここで何人くらいが住んでいるのかはわからない。

壁は石を積んだもので、屋根部分はヤシの木を組み合わせてある。半地下なのは、昼夜の寒暖差が激しい砂漠地帯で安定した気温に保つためだろう。生活の知恵だ。

床にきちんと敷物があるのにも驚いた。繊維の質はわからないが、織物だ。

カルロスと並んで腰を下ろしている陸を、老人は無遠慮な目で眺めた。カルロスと話しながらも、その視線は離れていかない。

なんだか品定めされているような気分になる。

「……カルロス、なんて？」

老人と話していたカルロスが、難しい顔で口を噤《つぐ》んだ。シーン…と沈黙が満ちる。

陸の中に、むくむくと不安が込み上げてきた。

「……俺はうまく誤魔化すというのが下手だ。リクに嘘をつくのも嫌だから、ハッキリ言う」

「うん……」

カルロスらしい言葉に、陸は自然と頬をゆるませた。

英語を理解できる人間はいないらしく、老人と数人の男たちは無表情でカルロスと陸を見ている。

「どうやらここは、昔ながらの少数民族が生活している土地らしい。西方砂漠にあるのは間違いないようだが、正確な位置はわからん。周辺の地図や通信手段というものも、一切ないらしくてな……ほぼ集落の外との交流を断っているようだ」

「え、じゃあ……ホセたちに連絡することができないってこと?」

恐る恐る尋ねた陸から目を逸らし、カルロスは小さくうなずいた。

一度は助かった…と安堵しただけに、ショックは大きかった。

グラリと目の前が暗くなる。

思考を手放そうとしたが、貧血を起こしている場合ではないと自分に言い聞かせる。どうしたらいいのか、解決策を探して陸は頭をフル回転させた。

「そんな顔をするな。ここから出る望みがないわけではない。数カ月に一度、行商人がこの集落に立ち寄るらしい。首長の話では、その行商人たちがそろそろ来る時期だというから、それを待ってもいいかと思う。調査隊のほうでも捜しているはずだから、もっと早くにホセたちが見つけてくれるかもしれないが」

陸の背中を叩きながら、カルロスがやわらかい口調で言った。口数の少ないカルロスに、これだけしゃべらせているのが自分なのだと思えば、くすぐったいような申し訳ないような……なんとも形容し難い気分になる。

カルロスを見上げた陸が、そっと笑いかけた途端、男の一人から鋭い声が上がった。その視線は明らかに陸とカルロスを見ている。

見ているというより、睨みつけているような……。

「な……なに…？」

陸に言葉の意味は汲み取れなくても、なにか非難されているような調子だということはわかる。なにがいけなかったのだろうと、困惑した。

首長の老人が口を開き、カルロスは怪訝な表情で言葉を返した。

「……！」

「……っ、……？」

険しい表情の男たちからカルロスと老人に目を移した陸は、言葉のわからないもどかしさに唇を噛んで会話が途切れるのを待った。

早口でしゃべる老人に対して、カルロスはぽつぽつと短く答える。なにを言われたのか、ふ…と目を見開き、

「…クソッ。失敗した」

苦い口調で吐き捨てると、大きな手でクセのある髪をかき乱した。

陸はなにがあったのかわからず、カルロスが説明してくれるのをひたすら待つ。

「リク……おまえ童貞か？」

ドキドキしながら身構えていた陸は、いつもと変わらない落ち着いた声で問われた言葉にギョッとして目を見開いた。

まさか、この緊迫した場面で陸をからかっているわけではないだろうが、なぜそんなことを尋ねてきたのかわからない。

「な……んだよっ、いきなり！」

やっと喉の奥から声が出た。動揺を隠せず、変にかすれたものなってしまったけれど、金縛りが解けたように強張っていた舌が滑らかになる。

「だったら、なんだって？　どうせおれは、カルロスやホセみたいに男らしくないし、女の子にもてないよ…」

情けないと思いつつ、半笑いの表情でぼやきを漏らす。

つい、いじけた言葉になってしまった。けれど、カルロスは笑うでもなく妙に真剣な顔をしている。

なにか……重要な意味があるのだろうか。

「それがだな、俺たちはとんでもない時期にここに来てしまったらしい」

カルロスは苦い声で前置きをして、ゆっくりと話し始めた。

□□□

砂丘の彼方に陽が沈むと、ますます宴が盛り上がった。飲んで歌っての大騒ぎだ。

少し疲れた…と言って宴会から抜けた陸が案内されたのは、首長の住居の脇にある小さな小屋だった。ここも床に織物が敷かれている。

少し考えた陸は、未だにじっとりと湿っている靴と靴下を脱いで素足になった。さらりとした感触が気持ちいい。

天井から下がった針金のようなものにランプが引っかけられるようになっていて、持っていたオイルランプをそこに吊るす。オアシスのあちこちに生えているココナツの油を使っているのか、白い煙からはかすかに甘い匂いが漂った。

建物の隅には、ベッドのような寝床がある。触ってみると、干草のようなものを大きな布の袋に詰めて作ってあるらしいとわかった。

カルロスは、首長の老人と話すと言ってあちらの建物に残っているので、陸は遠慮なくベッドの上に転がった。

布は少しごわごわとしているけれど、干草のベッドはやわらかく全身を受け止めてくれる。ルクソールの宿舎にあった、板に二つ折りの毛布を敷いただけのようなベッドよりも、寝心地はよさそうだ。

大きく息をついて身体を丸めた陸は、むき出しの石壁をじっと見つめる。一人きりになると、際限なく不安が込み上げてきた。

「あー…うじうじするのはおれらしくないって」

頼りない気分を吹き飛ばしたくて、わざと大きな声で独り言を口にする。

それでもカルロスの話を思い出すと、どうしようもない焦燥感が胸に渦巻いた。

首長の老人が言うには、この集落では二十年に一度の大掛かりな儀式を控えているらしい。砂漠の地の命でもある地下水が枯れないよう、神に祈りを捧げるものだという。

儀式の準備が始まる数カ月前に、集落の呪術師が一つの予言をした。

砂嵐が吹き荒れる時期に、異国の少年が現れる。その少年を神へ捧げよ、と。

なかなか異国の少年が現れなかったらしいが、儀式の二週間前になって、年齢的には成人していても彼らから見れば外見は『少年』の陸が顔を出した。

あまりにもタイミングがいいと、陸自身でさえ思う。彼らは、陸が儀式のために遣わされたのだと信じたに違いない。

神に捧げる……。それが意味するのは、残虐なイメージの生け贄《いにえ》という行為しか思い浮かばない。

日本でも一昔前には、大掛かりなため池を建設する際に人柱《ひとばしら》を埋めるという呪術的な風習のある地域があったらしいが、似たようなものだろうか。

逃げようにも、どこへ向かえばいいのかもわからず…。

広大な砂漠で野垂れ死にするのと、儀式で生け贄にされるのとではどちらがマシだろう。そんな悲観的な選択肢しか思い浮かばない。

「リク……起きているか？」

「カルロス！」

入り口のあたりからカルロスの声が聞こえ、陸は干草のベッドから飛び起きた。こうなれば、味方はカルロスしかいない……という気分になる。

「手を出せ」

建物に入ってきたカルロスは、陸の前で腰を下ろしてつぶやいた。

「うん……？」

手…？　と思いながら、陸は素直に右手を差し出す。その手首を摑まれて、手のひらを上に向かされた。

乾いた血が、擦り傷の表面を覆っている。

「化膿することはなさそうだ。よかった……」

ほとんど痛くなかったのと儀式の話のインパクトに負けて、陸は擦り傷があることをすっかり忘れていた。カルロスはずっと気にしてくれていたのだろうか。

それが、カルロスを引っ張り上げる時にできた傷ということで責任を感じての心配だったとしても、嬉しかった。

「……カルロスのおかげだ。ありがとう」

礼を口にして笑うと、カルロスは硬い表情で陸から視線を逸らしてしまった。

「すまない…」

そして、低い声でボソッと口にする。

どうしてカルロスが謝るのかわからなくて、陸はじわっと目を見開いた。

「カルロスのせいじゃないって。おれが勝手にしたことなんだから……」

「いや、そうではない。首長に…リクは既婚者だと言っておけばよかったと思ったんだ。清らかか穢《けが》れているかと聞かれれば、清らかだと言ったほうがいいに違いないという短絡的な考えが、失敗だった」

陸の言葉を遮って、カルロスが苦悩を含んだ声で言った。陸は慌てて首を横に振る。それは、カルロスのせいではない。

「仕方ないよ。カルロスだって、知らなかったんだから」

「ああ……まいった。首長と話してわかったが、ここの連中はかなり独自の文化を持っているようだ。このあたりはイスラームの人間が多いはずなのに、ここは特定の宗教というより先祖から受け継いだ独特の信仰を持っている。過激な原理主義の村よりマシかもしれないけれど、かなり厄介だ」

馴染みのない英単語を陸が理解できるよう、ゆっくりと話してくれる。

巻き込んでしまったカルロスには本当に申し訳ないけれど、一人でなくてよかった……と、改めて思った。

もし、ここに迷い込んだのが陸一人だったら、わけのわからないまま生け贄にされていたかもしれない。

「どうしよう……。このままじゃ、おれ…儀式の生け贄にされるんだよな。生け贄って、どうするんだろう。生きたまま火あぶりにされるとか、腹を裂かれるとか……？　串刺しにされるのは嫌だなぁ…」

自分で言っておいて、怖い想像に顔から血の気が引いた。

悪い想像はいくらでも膨らんでいく。

震えそうになる陸の手を、カルロスがギュッと握ってくれた。不思議と、それだけで泣きそうなくらいの不安が少し軽くなる。

「リク……逃《のが》れる術《すべ》がないわけでもない」

包み込まれたカルロスの手の中で、ビクッと陸の手が震えた。

勢いよくカルロスを見上げると、長い睫毛に囲まれた真っ黒の瞳が陸を見つめている。

「ほん…とに？」

半信半疑で尋ねた陸に、唇を引き結んだままうなずきが返ってくる。陸は干草のベッドから飛び降りて、カルロスの前に膝《ひざ》をついた。

「どうすればいい？」

「……俺も、いろいろと考えてみたが、方角もわからずに砂漠に出るのは危険だ。地下水路に戻るのも、リスクが高すぎる」

陸はカルロスの言葉に、うん…と一つずつうなずく。陸も考えたことだが、やはりここに残るのがベストだろう。

ただ、それには……儀式での神への捧げ物という立場から逃れなければならない。

続く言葉を待ったが、カルロスは躊躇うように視線を泳がせている。よほどの危険が伴う手段なのだろうか。

「カルロス？　おれにできることなら、なんでもやるよ。生け贄にされることを考えたら、どんなことでもできそうだ」

「それが……俺と寝ることでもか？」

「え……ぇ？」

身構えていた陸の耳に飛び込んできたのは、あまりにも予想外の言葉だ。思わず緊張感のない声を出してしまった。

「神に捧げられるには、清らかであることが絶対条件だ。だからこそ、少年なんだと思う。さっきの宴にも……女がいなかっただろう？　穢れる可能性を、徹底して陸から遠ざけようとしているんだろうな」

そういえば、奇妙なほど友好的な宴の席には女性が一人もいなかった。よく考えると、ここに来てから一人も女性を見ていないような気がする。よそ者の相手をするのは、男たちの役割なのかと思っていたのだが…。

「だけど、そんなことで……」

カルロスと寝て…本当に、それで逃れられるのだろうか。

今は神への供物《くもつ》として歓迎されているけれど、役立たずとなればこの集落から追い出されるか殺されるのではないか……？

混乱しているようでいて、妙に冷静な考えが浮かぶ。

「この集落には、医者や薬草の知識を持った人間がいないらしい。俺は薬師《くすし》ということになっているから、ここでは重宝されるはずだ。……俺がリクを守ってみせる」

キッパリ言い切ったカルロスの言葉に、大きく心臓が脈打つ。まるで、愛を告白されているみたいな気分になった。

責任感が言わせた言葉を勘違いするな……と自分に言い聞かせても、激しい動悸が治まらない。

「無理にとは言わない。どうする？」

選択を迫られて、陸は即答できずに唇を噛んだ。

確かに、カルロスが好きだと自覚した。それは……学者としての憧れを大きく凌駕《りょうが》する、特別な感情だとも認めている。

でも、芽が出たばかりの想いは幼くて、具体的にどうしたいかなど考えたことがなかった。

手を繋いだら……ドキドキした。抱き締められて顔が熱くなった。けれど、キスは……？　抱き合うことは……？

そう自問しても、迷うばかりだ。

ふと、陸よりずっと大きなカルロスの手や広い肩幅、しっかりとした骨格の身体が間近にあることを急激に意識した。

カーッと足の先から顔面まで、全身が熱くなって「うわ…」と口元を手で覆う。

「リク？」

「…カルロスが……嫌でなければ」

口元を隠していた手を下ろすと、大きく肩を上下させてカルロスと視線を絡ませた。

カルロスは、わずかに目を瞠《みは》る。提案したのは自分なのに、陸がＯＫすることが意外だったのだろうか。

「本当に？」

「うん。他にいい方法を考えられそうにないしね。なんでも試してみなくちゃって思う。おれ、カルロス好きだし…。男なんか相手にさせるんだから、こっちからお願いしますって言わなきゃなんないかな」

わざと軽く、なんでもない調子で『好き』と口にした。笑いながらなので、真剣な言葉だとは思われなかったはずだ。それでいい。

「……告白しよう。俺は女に興味がない。だから、それについてはリクが気に病むことはない」

予想もしていなかったカルロスの告白に、今度は陸が目を瞠る番だった。

カルロスの表情は、いつもと変わらない無表情で……。

事実なのか、陸の気持ちを軽くしようとしての方便なのかは推《お》し量《はか》ることができない。

「えーと…や、優しくしてね、なんて……」

陸はわざと冗談めかした言葉を口にして、無理やり笑ってみせる。

これまでにつき合った相手はいたけれど、手を繋いでデートをするくらいの極めて健全なつき合いだった。誰とも深い関係になったことはなく、こういう場面でどんな顔をしたらいいのかわからない。

しかも相手は、恋愛感情を自覚したばかりの同性で、互いを好きだという感情が昂っての結果ではない。

どうしたらいいのかわからず、気を抜くとうっかり泣きそうになってしまう。

「ああ…もちろん」

カルロスは陸の身体を抱き寄せると、泣いている小さな子供を落ち着かせるように、大きな手で背中を撫でた。

強張《こわば》りそうだった身体から、余分な力が抜ける。

陸は、おずおずと広い背中に腕を回して瞳を閉じた。


ほんの半日前までは、こうして…カルロスとどうにかなるなど、想像もしていなかった。

陸の前でも躊躇うことなく、無造作に着ているものを脱ぎ捨てていくカルロスは、無駄の全くない見事な肢体をしていた。

ミルクにコーヒーを少しだけ落としたような健康的な色の肌が、淡いランプの光に照らされていて綺麗だ。

首から肩のラインや長い腕は、見とれるような造形美を誇っていた。肩も肘も、関節の部分がごつく見えるのは、人種的な差だろうか。これでは、全体的に肉づきの薄い陸が子供に見えても仕方がないと納得してしまう。

過剰なほどではないけれど、鍛えられた筋肉に覆われた胸板と腹。長い指がズボンのフロントボタンを外し、ファスナーを下ろした。

はだけたウエスト部分から、ガッシリとした腰が覗く。……陸は、自分が露骨に凝視していたことに気づき、慌ててカルロスの身体から目を逸らした。

シャツのボタンを外す手が震えそうになる。

「リク、俺にさせて」

カルロスの手が伸びてきて、陸の指先に触れる。その指が妙に熱く感じたのは、緊張のあまり陸の手の体温が下がっているせいだろうか。

カルロスの指は丁寧に陸のシャツのボタンを外し、そっと肩から滑り落とした。

先ほどのカルロスを見ていた陸と同じくらい、マジマジと身体を見つめられている。居心地が悪い。

女性じゃあるまいし、見るなといって隠すのもなんだか変なので、

「なに…?」

と震えそうな唇を開いた。奇妙にかすれた声になってしまった。

「悪い。抱き締めたら、折れそうだな…と思って」

「ッ…」

手のひら全体で、肩から腕にかけてするりと撫で下ろされ、ビクッと過剰反応をしてしまった。驚いたようにカルロスの手が離れていく。

「あ…平気、だって。おれ、二十キロ近い機材を一人で持てる…ってカルロスも見ただろ。あのシャフトに落ちても、どこも折れていないんだし」

触られるのが嫌だったのではないと、どうやって伝えればいいのかわからなくて、陸はカルロスを見上げて唇に笑みを浮かべた。

カルロスは、わずかに目を細めて再び陸に触れてきた。今度は身構えていたので、指先を震わせただけでやり過ごす。

「綺麗だ、リク……」

リップサービスだとわかっていても、トクンと心臓が反応した。いつもは口数が少ないのに、さすが情熱的だと言われるラテン系男。自然なセリフは、日本人である陸には真似のできないものだ。

肩を包んでいた大きな手が、背中に滑らされる。浮き出た肩甲骨《けんこうこつ》を撫でて腰まで降りると、ゆっくり抱き寄せられた。

カルロスと素肌が触れ合うだけで、どんどん鼓動が激しくなっていく。密着しているカルロスに、伝わってしまっているかもしれない。

「キス、いい？」

「ん……」

……どう返せばいいのかわからないので、聞かないでほしい。

そう思いながら、陸は小さくうなずいた。

熱い頬をカルロスの両手に挟まれて、顔を上向きにされる。

ぼんやりとしたランプの光しかないといっても、至近距離なのだ。きっと、真っ赤になっていると知られてしまった。慣れている雰囲気のカルロスと違い、経験が乏しいと自ら暴露したようなものだ。

ますます恥ずかしい。

「震えてるな。ひどいことはしない。……怖がるな」

苦い声でそう言うと、カルロスの唇が目尻に押し当てられる。反射的に瞼を伏せた途端、唇にあたたかいものが触れた。

「……っ」

ビクッと強張った陸の背中を、頬から手を離したカルロスが宥《なだ》めるように撫でる。その手が優しくて、少しずつ身体の緊張を解いた。

耳の奥で……心臓がうるさいくらい脈打っている音が聞こえる。

「ぁ！　……ッ」

押し当てられていたカルロスの唇が離れていき、なんとなく名残惜しい……と思った瞬間、ぺロリと唇の隙間を舐められた。

強引にこじ開けるでもなく、巧みに間隙を縫って、スルリとやわらかく濡れたものが潜り込んでくる。

舌……とその正体に思い至ったと同時に、口腔の粘膜をくすぐられた。

「ン……、ぁッ…」

膝から力が抜けそうになり、慌ててカルロスの肩にしがみついた。厚みのある肩は、陸がしがみついたところでビクともしない。

グッと強く腰を抱き寄せられて、深くなる口づけに瞼を震わせた。

「ッ……ん！」

強張っていた陸の舌にゆるく吸いつき、誘いかけてくる。頭がぼんやりとして思考力が落ちている陸は、誘われるままにそろっと舌先を伸ばした。

カルロスの口の中が、陸の舌と同じくらい熱くて……熱に浮かされたようになっているのが陸だけではないことに安堵する。

中途半端にはだけたままの衣類を残した下肢にも、どんどん熱が集まるのがわかった。

「…逃げるな」

思わず腰を引きかけると、口づけを解いたカルロスに低い声で咎められた。

背中を屈めて陸の耳朶《じだ》を齧りながら、脚のあいだに膝を割り込ませてくる。硬い腿の筋肉を擦りつけられて、ビクビクと背中を反らした。

「ぁ、あ……っ…ぅン！」

甘ったるい響きの声が溢れたことに、自分でも驚く。

ハッと我に返って、しがみついていた厚い肩に腕を突っ張ったところで、カルロスと視線が合った。

限界…と思っていた顔面が、更に熱くなる。陸には見ることができないけれど、熟れたトマトのように真っ赤になっているだろう。

「リク、そこに……」

「うん」

促されるまま千草のベッドに腰を下ろすと、肩を押して転がされる。ウエスト部分を掴まれた途端、残っていたズボンと下着を一気に脚から抜き取られた。抵抗する間もないような手際のよさだった。

カルロス自身も素早くはだけていたズボンを脱ぎ捨てて、千草のベッドに膝を乗せてくる。

「……ぁ」

手のひらを胸元に押し当てられたかと思えば、指先がささやかな突起に触れてきた。そんなところを弄《いじ》られると考えてもいなかった陸は、驚きの滲むかすかな声を上げる。

戸惑う陸を無視して、カルロスは指先で円を描くようにして弄り続けた。

「ッあ……んっ…ん」

奇妙な感覚でしかなかったのが、少しずつ違うものに変わっていく。ゾクゾクと悪寒に似たものが背筋を這い上がり、陸は息を呑んだ。

唇をしっかり噛みしめていないと、どんな声が零れてしまうかわからない。

自分の身体が、どうにかなってしまったのでは……そんなことまで考えてしまう。

「リク？　唇を噛むな。感じたら、そう言えばいい」

少しかすれた声でそう言ったカルロスに、ぎこちなく首を左右に振る。

「わ…からなくて。ぁ、そ…こ、なんか……痛い」

弄られているうちに、異様なほど敏感になってしまったみたいだ。軽く爪を立てられただけでビクッと腰が跳ねた。

ヒリヒリと痺《しび》れたようになっている。

「指、やめるか」

「うん……え、な……にっ！」

手を引いてくれたことに安堵した次の瞬間、視界いっぱいに真っ黒なカルロスの髪が飛び込んできた。

ぬるっとしたあたたかいものが、指の代わりに胸の突起を押し潰す。

「ゃ…やめ、それ……ぁ！」

舐められている…ということに驚愕した陸は、そこから引き離そうと、ゆるくクセのある髪に指を絡ませる。

けれど、震える指先には思うように力が入らなくて……。逆に、カルロスの頭を胸元に抱え込むような体勢になってしまった。

「っ、っ…あ！　嫌だ、噛む……な。ぁ……ぁ…」

嫌だと口にしても、身体の熱は上がるばかりだ。軽く歯のあいだに挟んで舌先で弄られると、抑えきれない甘い吐息が漏れてしまう。

「我慢しなくていい。これ、いいか……？」

執拗に舌先で刺激されて、夢中で首を横に振った。

慣れない感覚に戸惑うばかりで、これが快感か否かの判断がつかない。

「そうか？　これなら……どうだ」

「あっっ！」

大きな手が膝を摑んだかと思えば、グッと左右に割られる。開かれた脚のあいだにカルロスが身体を入れ、閉じることができなくなった。

そっとカルロスの手に屹立を包み込まれて、陸はビクッと腹筋を強張らせた。鋭い電流のような快感が底から駆け上がり、ザッと鳥肌が立つ。

咄嗟に自分の手で口を覆い、なんとか声を耐えた。

「すごいな。触ってもいないのに…こんなに」

「つく、んんっ！」

揶揄《やゆ》する口調ですごいと言いながら、カルロスの指先が屹立の形を辿る。ビクッと大きく脚が震えた。

そんなことを言われて、恥ずかしいのに…逃れたくても口を押さえるのに精いっぱいで、カルロスの手を払いのけることができない。

しかも、視線がそこに注がれているのを感じて、ますます淫らな気分が込み上げる。

「リク、可愛い……」

声が……熱っぽくて。こんな貧相な身体でも、カルロスは見ていてその気になるのだろうかと不思議になった。

「ん……っ」

カルロスの長い指が絡みつき、じれったいほどゆっくりと上下に擦《こす》られる。そこから生まれるのは、自分の手で触れる時とは比べ物にならない快感だった。

陸の反応を窺いながら、器用な指が弱いところを探り出していく。つい加減してしまう自慰とは違い、容赦なく追いつめようとしている。

「声、聞かせてくれないのか？」

カルロスの大きな手が、口元を覆っている陸の両手首をギュッと摑んだ。そのまま胸の上で拘束されて、声を殺す手段を奪われてしまう。

「あ……」

戸惑いに視線を泳がせると、陸を見下ろすカルロスと視線が絡んだ。

初めて逢った時の無関心な冷たい目ではなく、石に彫られたヒエログリフを真剣に見ていた時とも違う。

熱っぽい、欲情を秘めた眼差し……。

「お、おれも…なにか、する？」

コクンと唾《つば》を飲んで渇いた喉を湿らすと、陸は恐る恐る問いかけた。

高度なことを要求されても、こなす自信はないが……一方的にされるがままというのは、なんだか違うと思ったのだ。

陸の言葉に、カルロスはわずかに目を瞠って意外そうな顔をする。

「……嫌だと、拒絶しないでくれたらそれでいい」

「でも、ぁ……」

「いいんだ。リクに奉仕させようとは思わない」

止めていた手の動きを再開させて、カルロスが苦笑を滲ませた声で言った。じわっと快感が腰から広がり、それ以上言葉を発することができなくなる。

「っ、あ……あっ、そんなにした、ら…」

カルロスが手を動かすたびに、淫猥《いんわい》な濡れた音が聞こえてくる。

あの…石に付着した砂をそっと払う長い指を汚していると考えただけで、またとろりとしたものが溢れたのがわかった。

「我慢しなくていい。リク……」

「んぅ、ぁ……あ、んんっっ」

もう、限界……と思った瞬間、唇を塞がれた。夢中で舌を絡ませながら、あと一息の快楽を貪る。

摑まれていた手首はいつの間にか解放されていたけれど、もう突き放そうとは思わず…カルロスの広い背中へ無意識にすがりついた。

いっぱいに膨らんだ風船が破裂するように、張り詰めていた快感が一気に弾ける。きつく閉じた瞼の裏で、白い光がチカチカと点滅しているみたいだ。

「ン…ン……!」

ビクビクと身体が跳ね上がり、覆いかぶさったカルロスに押さえつけられた。快楽の余韻に痺れたようになっている舌を、宥めるようにやんわりと愛撫される。

カルロスの唇が離れていくと、忙《せわ》しない息を繰り返した。

これほど深い快楽を感じたのは、初めてだった。ぐったりと全身から力が抜けて、腕を持ち上げるのも億劫《おっくう》だ。

「……ごめん」

陸を見下ろしていたカルロスが、唐突に低い声でつぶやく。

ごめんと言わなければならないのは、カルロスの手の中に出してしまった陸のほうだ……と返すより早く、更に脚を開かされた。

「な…、に」

感覚が戻りきっていないようで、自分の身体ではないみたいだ。膝の裏を押し上げられても、されるがままになってしまう。

「最後までしなくても、それらしく見せたらいいと…思っていたのに。リクがそんな顔をするから、ちょっと…理性が飛んだ」

「……?」

苦い口調で言われた言葉の意味がわからなくて、目をしばたたかせる。

カルロスは陸の目から逃げるように、肩口へと顔を伏せてきた。前髪がうなじを撫でて、チクチクした。

「……抱きたい」

押し殺したような声と共に熱い吐息が耳に吹き込まれ、落ち着きかけた心臓の鼓動が再び激しくなる。

現代社会には情報が溢れているのだ。具体的にどうするのか興味を持ったことのない陸も、同性間の行為がどういうものかくらいは知っている。

だから、抱きたいというカルロスがなにを求めているのか、想像がつく。

自分よりはるかに大きな体格の男に組み伏せられるのは、怖いと思うのに……カルロスを突き放せない。

「ッ、ン」

カルロスの指先が脚のつけ根から奥へと進んできても、かすかに眉を寄せることしかできなかった。

陸が抵抗する素振りを見せないからか、遠慮がちだったカルロスの指から躊躇いが剝がれ落ちていった。

押し当てているだけだった指に、じわ…っと力が込められる。

「ゃ……、ぃ…た」

引き攣《つ》るような痛みを感じて、陸は身体をすくませた。カルロスが息をつき、軽く耳朶に歯を立てられる。

「悪い。濡らす」

指が離れていくと圧迫感が去り、ほっと安堵した。どうするのかと思えば、耳のすぐ傍から小さな水音が聞こえてくる。

カルロスが、指を舐めている……それの意味するものを悟り、ギュッと身体の脇で手を握った。

心臓がどうにかなりそうなほど、ドキドキしている。

「力を…入れるな」

陸の耳朶に舌を這わせながら、低い声が短くつぶやく。

うなじへと滑り落ちる口づけにゾクゾクと背中を震わせていると、気の抜けた一瞬を見計らって身体の内側へ指が潜り込んできた。

「ア……！」

舐め濡らされていたせいか、驚くほど呆気なく指が埋められていく。長い指はきっと、中指か人差し指で……。

「痛くないだろう」

「ん…うん」

緊張で強張った肩に唇をつけながら、カルロスが尋ねてくる。浅く息をついた陸は、なにを問われているのかよくわからないまま、小さくうなずいた。

肌を撫でるカルロスの吐息がくすぐったい。

「熱い……リク…」

ゆっくりと指を抜き差ししたカルロスは、かすれた声でポツンとつぶやいた。その熱さを味わうように、指の腹で探る。

「ッ、ぅ……ン！」

陸は、身体の内側で感じる指の感触にヒクンと腹筋を張り詰めさせた。

下手に動くこともできず、無防備に身体を開いた状態でカルロスに預ける。

「動くなよ。ケガをする」

「……ぁ！」

そう前置きをすると、穿《うが》つ指の数が増やされる。鈍い痛みを耐えるために、グッと奥歯を噛み締めた。

唇を震わせていたら、そっと触れるだけのキスが落ちてくる。

「大丈夫だ。絶対に傷つけない。ほら、舌…出して」

顎から力を抜いて噛み締めていた歯を開くと、今度は深く口づけられる。縮こまっていた舌を誘い出されて、おずおずと絡みつかせた。

キスに夢中になっているうちに、身体から余分な力が抜けていく。

「ン……ンッ」

二本の指をつけ根まで挿入されても、陸が怯えていたような痛みはなかった。異物感が増しただけで、逆に戸惑ってしまう。

どうなってしまったのだろう……。

「あ、……ぃっ」

カルロスは陸の舌を甘噛みしながら、もどかしいと感じてしまうほど丁寧に指を抽挿《ちゅうそう》する。

息苦しくて口づけから逃れると、反らした喉に熱い舌が這わされた。

「リク、いい…？」

「……っく、な…ぃ」

「そうか？　ほら…触ってみろ」

この奇妙な感覚を、快感とは呼べないだろう。

そう思って首を横に振った陸だが、脚のあいだに右手を誘導されて驚く。指先に、自分が反応している証拠が触れた。

予想外のことに目を見開いた陸の視界に、イタズラっぽい笑みを浮かべたカルロスの端整な顔が映る。

「そんな顔をするな。俺はリクが感じてくれて嬉しい……」

「や、ぁ……ぁ……」

カルロスの声が、いつもの落ち着いた響きではなく熱っぽくかすれていて。意識してのことではないが、身体の奥にある指に粘膜が絡みついたのを感じた。

その瞬間、陸の背筋を寒気のようなものが駆け上がる。身体を駆け巡るものの正体がわからないまま、断続的に全身を震わせた。

自分の身体なのに、どうなっているのかわからなくて…怖い。

「カルロス、おれ…どうなんの？　身体、熱い……よ」

「ッ……リク、悪い。限界」

「え……あ！」

苦しそうな息をついたカルロスが低くつぶやいて、内側を探っていた指が抜き出される。息をつく間もなく別のなにかが押し当てられ、咄嗟に手を伸ばした。

指に触れたのは、硬くて熱くて……信じられないような質量のものだった。他人の興奮した状態の屹立《きつりつ》など、今まで目にしたことがないから比べようはないけれど、それなりに平均だと自負している陸が驚いて手を引いてしまうサイズだ。

地下水路を歩いていた時に握っていた、ライトのグリップ部分と変わらないような……。

「無理……それっ」

そのサイズのものをどうするのか考えた瞬間、熱かった顔から血の気が引く。

思わず身体を逃がそうとしたけれど、押し当てられた屹立の先端を感じると、金縛りにあったように動けなくなってしまった。

「ぁ……ン！　ン……ぅ」

「息を詰めるな。そう……腹から力を抜いて」

細心の注意を払って、じわじわと潜り込んでくる。陸が眉を寄せると動きを止め、決して急《せ》かすことなく少しずつ含まされた。

陸は浅く荒い息を繰り返しながら、額に汗が滲むのを感じる。

痛い……のは確かで、異物感が苦しいのも事実だ。

できるなら逃げたいとも思うのに、カルロスの手が宥めるように浮き出た腰骨を撫でると、受け入れるために必死で身体から力を抜いてしまう。

「ま、だ……？　い…っ、ぁ……ッぅ」

ズキンズキンと心臓の鼓動に合わせるように、鈍い痛みが広がる。緊張が続くせいか、頭痛まで呼び起こされたようだ。

もうダメだ、と白旗を上げようとした陸だが、ふっと苦痛が和らいだような気がして閉じていた目を開いた。

異物感は増しているのに、ビリビリとした痛みがマシになっているのは……張り出した先端部分が入ってしまったからだろう。

「少し、楽か？　もうちょっとだ」

目が合ったカルロスは、陸の目尻に浮かんだ涙を指先で拭う。汗でじっとりとした前髪と、薄っすら桃色に染まった目元が色気を滲ませていて、陸は思わず手を伸ばした。

指先に触れる肌が、熱い。

常に涼しい顔をしていたカルロスが、陸を抱いて息を乱しているのかと思えば、嬉しいような切ないような……なんとも形容し難い気分になる。

伸ばした手を掴まれて、指に舌を這わされる。

「ん……」

指の股までねっとりと舐められ、肌が粟立《あわだ》った。身体のあちこちが異様に敏感になっているみたいだ。

「ま……だ？　ン、ぅ……ぁ、はっ」

陸の身体から力が抜けたのを見計らって、これでいっぱいかと思っていたところの更に奥へと入ってくる。

やっとカルロスが動きを止めた頃には、腰から下が痺れたようになっていた。

「苦しい…か？」

「わ……かん、な…」

痛いとか苦しいとか…言葉ではうまく言い表すことのできない感覚だ。

「……しがみついてろ」

陸の腕を背中に回すように促すと、カルロスはゆっくりと身体を引いた。馴染んでいた屹立が、ズル…と抜き出される。

「ぁ！　あ……っぅ…んんっ」

ギュッと力を込めてカルロスの背中に抱きつく。近寄ることさえ躊躇っていた人の肌に、触れて…これ以上ないほど近くにいる。

憧れ続けていた、恋愛感情としても好きな人に抱き締められているのに、どうして胸の奥が苦しいのだろう……。

「リク…」

「あっ、あ…！」

身体のあいだに手を入れたカルロスが、陸の下腹部へと手のひらを滑らせた。力を失っていたものが、直接的な刺激によって少しずつ形を変えていく。

心は混乱するばかりなのに、身体だけはどんどん昂って……やがて考えることを放棄した。

「いい…か？」

じっくりと味わうように陸の身体を揺すりながら、カルロスが吐息の合間に尋ねてくる。

手の中に包まれた屹立の先端を指先で弄られて、ビクッと抱えられた脚が揺れた。

「い……っ、い！　ア……ぅ、あ！　それ…触、な……！」

「でも、感じるだろ？　どろどろになってる…。いやらしくて、可愛いな」

「あっ、あ……ヤバい、って。も……ッ」

「ン……」

限界を訴えたのに、ますます執拗に指が絡みついてくる。身体の奥がヒクンと収縮して、カルロスがグッと眉を寄せたのがわかった。

目を開けていられたのはそこまでで、容赦のなくなったカルロスの動きに、陸は激流の渦巻く滝に落ちた木の葉のようになる。

逆らうことなどできず、ただ、流れに身を任せるだけ……。

「ッ、ぅ……」

「く…ぁ、悪…ぃ」

陸の声が消え入りそうなほどかすれる頃になって、カルロスが動きを止めた。前髪を伝った汗が、ぽたぽたと胸元に落ちてくる。

どうしてカルロスが謝ったのか、わからなかったけれど、

「あ……ぁ…ッ！」

抜き出される感触に背中を仰《の》け反《ぞ》らした陸は、ようやくその理由を悟った。

……腿の内側を、ぬるい体液が伝い落ちる。カルロスの…と思っただけで、一気に全身が熱くなった。

しかも、いつの間にか陸自身も放っていた白濁が、カルロスの手に受け止められていた。

今更だとわかっていながら、羞恥のあまり目の前が霞んでくる。

「リク？　つらかったか……？」

目尻に浮かんだ涙をそっと舐め取られて、緩慢《かんまん》な仕草で首を横に振る。

優しく髪に触れられると、まるで心が通じ合って抱き合ったような錯覚を感じそうになってしまい、勘違いするなと必死で自分に言い聞かせた。

「なにも心配することはない。ゆっくり休め」

「……ぁ」

背中を抱き寄せられて、長い腕の中に包まれる。頭を寄せた胸からは、まだ落ち着ききっていない心臓の鼓動が伝わってきた。

目を閉じると、干草のベッドに身体が沈み込んでいくようだった。

《六》

「……っっ！」

誰かの叫び声で目が覚めた。

日本語でも英語でもない、耳に馴染みのない言葉だったな…と思いながら重い瞼を開けた陸は、目の前にある他人の素肌にビクッと肩を揺らした。

勢いよく飛び起きようとしたが、全身が筋肉痛になったようにだるくて、素早く動くことができない。

労せず動かすことのできる顔を上げると、引き結ばれた少し厚めの唇とスッキリとした鼻筋、伏せられた長い睫毛が見える。そして、少しクセのある真っ黒な髪……。

「カルロス…」

呆然とつぶやいた陸は、瞬時に眠りに落ちる前にあったことを思い出した。全身を包む倦怠感の原因も同じところへ行き着く。

「……、…！」

「あ……」

ドアのない建物の入り口から、男が数人こちらを覗いていた。なにを言っているのかわからないけれど、必死の形相だ。

「カルロス、起きてよ……」

太い腕を摑んで覚醒を促すと、やっと長い睫毛を震わせて瞼を開いた。

黒曜石のような瞳と至近距離で目が合い、そんな場合ではないとわかっていながらトクンと心臓が高鳴る。

「リク……。ああ…おはよう」

のん気に朝の挨拶をしたカルロスは、たった今気づいた…というふうに建物の入り口で騒ぐ男へ目を向ける。

危機感のない、平素と全くと言っていいほど変わらない表情だった。

「…ボスのおでましだ」

覗き込む男たちを搔き分けるようにして、険しい顔の老人が入ってきた。

……そうだ。思い出した。

陸は神への供物になるはずだったのだ。

この……かろうじて腰の部分にシャツをかけているけれど、全裸と変わらない状態でカルロスと同衾《どうきん》している図は、あってはならないものだろう。

カルロスが生け贄から逃れる手段として提案したのだが、これが正解なのか否かはまだわからない。

「………、……？」

「……！」

老人が厳しい口調でなにか言うと、庇《かば》うように陸を抱き寄せたカルロスが言葉を返す。

当事者なのに、会話の内容がわからないのがもどかしくてたまらない。

どれくらい二人の言い合いが続いただろうか。

最後にギロリと陸を睨んだ老人が出て行き、ふ…と短く息をついたカルロスは、脱ぎ捨ててあった服をかき集めた。

「どうなった…？　大丈夫なのか？」

差し出された服を受け取りながら不安な面持ちで陸が尋ねると、かすかな笑みを浮かべる。

「俺が薬師だという証明をすることになった。寝込んでいる人間がいるらしくてな、俺がその病人を治すことができたら薬師としてこの集落に置いてくれるそうだ。リクは、特殊な薬草を見分けられる助手だと言っておいた」

ゴソゴソと服を着るカルロスから目を逸らして、陸も服を身に着けていく。

気まずさを感じる余裕もないのは、幸いかもしれない。

病人を診《み》て症状を確かめてから薬草を採りにいく……というカルロスの後について、小さな建物から出た。

農具らしきものを持った男や、洗濯らしき布の山を抱えた女が一定の距離を置いて陸たちを眺めている。

歓迎ムードだった昨日とは打って変わって、胡散臭《うさんくさ》いものを見ているような雰囲気なのは、当然か。

怯《ひる》むな。しっかりしろ……と自分に言い聞かせながら、陸はカルロスの大きな背中を追いかけた。

昨日歩いた道を逆に辿り、小高い丘へ登る。

オアシスというだけあって、そこには砂漠の中にあるとは思えないほど多種多様な草花が生えていた。

眼下には、池のような水場が見える。洗濯などはそこで行っているらしく、数人が布を水に浸していた。

「どうやら、農作業や洗濯などの生活用水はあそこのものらしいな。俺たちが這い上がった水路の水は、純粋に飲み水のみに使っているのかもしれん」

「……うん」

態度の変わらないカルロスに、陸も同じように接しようと頭では思うのに……どうしても意識してしまう。

あの唇が、触れた……とか、この長い指が…と意思に反して生々しく反芻《はんすう》する自分が嫌になる。

「く、草って…どれ?」

うっかり赤面してしまいそうになった陸は、大きな手から目を逸らしてしゃがみ込んだ。せっかく逃げたのに、陸の脇にカルロスが屈む。

「腹痛だったな。この…葉がギザギザになっている草を煎じて、そっちの赤い花を合わせて飲めばよくなるだろう。ハーブの一種だ」

カルロスが指差した草を、そっと摘み取る。陸にはただの雑草にしか見えないが、優れものらしい。

立ち上がろうとして、降り注ぐ太陽の光の眩しさに目の上へ手をかざした。

まだ午前中なのに、日差しが強い……。

「あ……」

ふと頭上に照りつけていた直射日光が遮られて、影が落ちた。なにかと思えば、大きなヤシの葉が傘の役割を果たしてくれている。

カルロスに礼を言おうとした陸の目の前に、鮮やかな薄紫色の花が差し出された。

「この花を食ってみろ」

「……」

カルロス自身が口に入れるのを見た陸は、恐る恐る花弁を手にして口に含んだ。嚙んだ瞬間、じわりと甘いものが口腔に広がる。

初めて味わう甘みだ。蜂蜜や砂糖、他の人工的な甘さとも種類が違って……うまく言い表すことができない。

シャクシャクとした不思議な食感と、しつこくない甘さに自然と頰がゆるんだ。

「うまいか？　……疲れも取ってくれる」

どうやらカルロスは、口数の少ない陸が疲れているのだと思って気を使ってくれたらしい。

小さく息をついた陸は、思い切りうなずいて笑みを向けた。

「うん。ありがとう」

昨夜のことは……忘れよう。

あれは生け贄にされるのを防ぐための行為で、なにも意味はなかった。陸がギクシャクした態度を取ってしまうと、カルロスが困るだろう。

陸の笑みを目にしたカルロスは、ホッとしたように唇をかすかにゆるませた。

陸は、これでいいんだ…と確信して摘み取った草をギュッと手の中に握る。

「……首長のじいさんが待ってるんだよな。早く行こう」

カルロスを急かして必要なだけの草を集めると、丘を下りて首長の待つ家へ向かった。

首長が、鋭い目で見ている。

横になっていた老人を抱え起こしたカルロスは、煎じた薬草を煮出して作った茶をゆっくりと飲ませた。

陸は、効きますように……と祈るような思いで一部始終を見守った。

これで効果がなければ、追い出されるかもしれない。追い出されるだけで済めばまだいい。下手したら、心臓を一突き……。

想像はどんどん悪いほうへと流れていく。

直径五メートルほどの丸い建物に八人ほどが集まっているにもかかわらず、誰も口を開こうとしない。不思議な静寂に包まれていた。

「……?」

ふと、干草のベッドに横たわっていた老人が目を開いた。にじり寄った首長と、短く言葉を交わして首を傾げている。

言葉はわからなくても、老人の表情で確信した。

カルロスの煎じた薬草が効いたのだ!

「やった、カルロス」

陸はカルロスの腕をガシッと摑み、安堵の息をついた。

平然としていたように見えてさすがに緊張していたのか、カルロスもスッと肩から力を抜く。

「…救助か行商が来るまで、ここにいさせてもらえそうだな」

振り返った首長は、満足そうな笑みを浮かべてカルロスに話しかけた。

意味はわからなくても、悪いことではなさそうだ……と察することができる。首長が纏っている空気の温度が違うのだ。

どうやら本当に、生け贄にされるか追い出されて砂漠で行き倒れになるかも…という最悪の事態から逃れられたらしい。

はー…と息をついて脱力した陸を、肩に手を回したカルロスが支えてくれた。

□□□

時計が存在しないオアシスの村は、太陽と共にある。

夜が明けると一日がスタートして、日が沈むとひっそりと静まり返る。陸たちがここへ来たときの宴は、例外だったようだ。

神に捧げる予言の少年が現れたという歓迎の宴だったのだから、陸が戸惑うほど盛大だったのも納得だ。

陸とカルロスには、この村に滞在しているあいだの住まいとして、首長の住居の隣にある建物を与えられた。

もっと原始的な生活をしているのかと思っていたが、電気やガスがないだけで驚くほど近代的だった。

鍋やバケツもあるし、ナイフまである。一番驚いたのは、ライターだ。

それらの道具や床の敷物は、オアシスに立ち寄る行商人から、水や食料を提供する代わりに手に入れたものらしい。

カルロスと背中合わせで眠っていた陸は、ドアのない建物の外から聞こえてくる鶏の甲高い鳴き声で目を覚ました。

ここにきて、三度目の朝だ。

「水…」

喉が渇いたと思っても、陸たちは生水を飲むことができない。干草のベッドから足を下ろした陸は、居室の隅に向かった。前夜に煮沸しておいた水を入れてある小さな壺から、コップ代わりのココナツの殻に水を注ぐ。

喉の渇きを潤すと、手の甲で唇をぬぐってホッと息をついた。

「……リク、俺も」

「っ…おはよ。ちょっと待って」

陸の動く気配で目が覚めたのだろう。背後から聞こえてきたカルロスの声は、寝起きのせいでかすれている。

たっぷりとヤシの殻に水を注ぎ、干草のベッドに上半身を起こしたカルロスに差し出した。

「……はい」

「ああ。ありがとう」

陸と同じように一息で水を飲み干したカルロスは、ベッドから下りて両腕を天井へ伸ばした。長身のカルロスが思い切り腕を伸ばすと、もう少しで届いてしまいそうだ。

……左耳の上あたりの髪が、寝癖でひょっこりと跳ねている。

「リク？　どうかしたか？」

左側の側頭部をじーっと見ていると、カルロスが不思議そうに首を傾げた。

「ごめん、えーと…髪が跳ねてる……」

陸の言葉に、カルロスは難しい顔をして見当違いの場所を手で押さえた。

陸より十一歳も大人で、なんでもできる…と思っていたカルロスの不器用そうな仕草が、なんだかすごく可愛い。

「そこじゃなくて、ここ……」

手を伸ばしてカルロスの髪に触れると、その手をカルロスが押さえた。

驚いてカルロスの顔を見る。

いつの間にか、吐息が触れそうなほど近づいていた。

図々しいと怒られるかもしれない。そう思ったけれど、カルロスは一言もしゃべらず、陸の手を握ったまま……背中を屈めて唇を触れ合わせた。

「……ッ」

口づけの意味がわからなくて、陸は目を見開く。

カルロスは、なにを考えているのか読み取ることのできない無表情だった。

どうして……キスをしたのだろう。そういう雰囲気だったから？　それとも、陸が物欲しそうな顔をしていた…？

口を開くことも、カルロスから目を逸らすこともできない。

「……～！」

「あ」

外から誰かに声をかけられた途端、ビクッと強張っていた身体の呪縛が解けた。

飛び退いた陸に苦笑したカルロスは、軽く背中を叩いて入り口のほうへ足を進める。ぼそぼそと言葉を交わしていたけれど、振り向くことはできなかった。

頭の中が混乱している。子供がするような、触れるだけの軽いキスなのに……今になって首から上に血が昇ってきた。

頰が熱い……。きっと、真っ赤になっている。

「リク、朝食を持ってきてくれた」

「う、うん」

あまり意味はないだろうけど、ごしごしと頰を擦って振り返った陸は、カルロスが差し出した木の皿を受け取った。

トウモロコシの粉を練って焼いたパンと、燻製にした卵、トマトをなにか野菜と一緒に炒めたものが盛りつけられていて、カップに入っているのはそら豆より大きな豆とナスのような野菜のスープだ。

カルロスが薬草で病人を癒したところの家族が、こうして食事を運んできてくれる。

最初に、治してくれた礼にとトウモロコシの粉をもらった時、調理できないのでいらないと断ったらこうして食事を提供してくれるようになったのだ。

この集落の住人は、ずいぶんと義理堅いらしい。おかげで、こうして食事にありつけるのはありがたいが。

「近くに、ホットスプリングがあるらしい。食事が済んだら行くか？」

座り込んで木の皿を膝に載せると、同じように皿を抱えたカルロスが話しかけてくる。住人の誰かから聞いたらしい。

ホットスプリング…温泉、と思い至った陸は、驚いて顔を上げた。カルロスのキスにドギマギしていたことなど、どこかへ飛んでいってしまった。

「こんな…砂漠に、温泉が？」

そろそろ、洗濯ついでに水浴びをしようかと思っていたところだ。入浴を完全にあきらめていただけに、もし本当に温泉があるのなら嬉しい。

「ああ。このあたりには地下水があるだろう。地熱であたためられたものが湧き出ると、温泉になる」

確かに、陸たちも地下水路を通ってここへ来たのだ。もっと深いところを流れる地下水脈があっても、不思議ではない。

「…早く食べて、行ってみよう」

逸《はや》る心を抑えきれず、千切《ちぎ》ったパンを忙《せわ》しなく口に押し込んだ。

そんな陸を見ているカルロスは、唇に苦笑を浮かべている。子供みたいだと思われたのかもしれない。

温泉は、陸たちが這い上がった地下水の井戸と集落を挟んだ反対側にあった。周りをヤシの木に囲まれた一角に、石で囲まれたプールのような場所がある。水面に手を浸すと、確かにあたたかい。

……本当に、砂漠の地に温泉があるなんて…と、不思議な気分になる。

陸たちの姿を見ると、先に来ていた住人がそそくさと出て行ってしまった。遠慮したのか、異邦人とかかわりたくないと思われたのかはわからない。

「少しぬるめだが日中なら風邪をひくこともないだろうし、入ってみるか」

そう言ったカルロスは、躊躇うことなく次々と着ているものを脱ぎ捨てていく。

あらわになる身体から目を逸らし、陸もシャツのボタンを外した。心の中で、「男同士だ。気にするな」と、呪文のように繰り返す。

屋根もない屋外にあるのだから仕方がないけれど、見た目は綺麗な湯とは言えない。それでも、足をつけるとホッとため息が出た。

水深は、一番深いところで陸の腰骨が隠れるくらいだ。湯が濁っているせいで底は見えないけれど、細かな砂利が敷かれているようだった。

「ついでに洗濯をするかな」

つぶやいた陸は、日本の銭湯で同じことをしたら確実にマナー違反だと怒られる…いや、やろうと思いつくこともないだろうな……と思いながら、着たきりスズメだったシャツやズボンを湯につける。

カルロスも、同じように服を洗っていた。

砂漠を渡るカラリとした風とこれだけ高い気温なら、そのあたりの木の枝にかけているだけですぐに乾くだろう。

湯をすくって肩にかけていると、ザブザブと背後から水をかき分ける音が近づいてきた。

カルロスが、近づいてくる……そう思っただけで、全身に緊張が走った。

「リク。背中を洗ってやる」

「えっ、いい……っ。そんなっ」

遠慮する…と答える声が、みっともなく裏返りそうになった。

カルロスは挙動不審な陸の態度を気にすることなく、肩を背後から掴んでくる。

「残念ながら、ボディソープがないからな。この丸い石で擦るだけで気持ちいいと思う」

「……っっ!」

言いながら、背中の真ん中をつるつるとした石で撫で下ろされる。確かに、絶妙な力加減で擦られるのは痛くもなく、気持ちいい。

でも、くすぐったいのと紙一重のあやしい感覚が込み上げてきてしまい、ザッと腕に鳥肌が立った。

「も、いい……。ありがとっ」

「もう…って、まだちょっとしか…」

いい…と言いながら、離れようとした陸の二の腕をカルロスが掴んだ。グッと引き寄せられて、背中がカルロスの胸元にぶつかる。

素肌が触れ合った…と思った瞬間、陸はパニック状態に陥った。

ダメだ。カルロスから離れなければ……。離れろ！

頭の中に響いた「離れろ」という命令に従い、

「くすぐったいって！」

考えるより先に、両手ですくった湯をカルロスに向かって浴びせていた。

「ぅわっ」

低い声にハッとしてカルロスを見上げると、ゆるくカーブした前髪からポタポタと水が滴り落ちている。

咄嗟の行動とはいえ、自分のやったことに青ざめたが、ふざけているふりで切り抜けることにした。

「水も滴《したた》るいい男…って、日本だけのことわざかな。あ…頭、ついでに洗う？　お返しに、おれが洗おうかっ？」

カルロスがなにも言わないので、引っ込みがつかなくなってしまい、どんどん突っ走ってしまう。

自分の馬鹿な発言を聞いて、呆れられているに違いない…と思えば、泣きそうだ。

なのに……。

「じゃ、してもらおうか」

カルロスはボソッとそう言って背中を屈め、陸の前に頭を差し出した。

「う、うん…」

今にも泣きそうなほど目を潤ませて唇を無理やり笑みの形にする、という複雑な表情を浮かべた陸は、そう答えるしかなかった。

恐る恐る手を伸ばして、真っ黒な髪に指を潜り込ませる。

湯をすくって頭にかけながら、やんわり頭皮をマッサージすると、目の前にあるカルロスの厚い肩がかすかに揺れた。

「痛かった？　加減がわからなくて…」

「いや、気持ちいい」

気持ちいい、と言った声の響きが本当に心地よさそうなもので……心臓がトクトクと鼓動を速める。

変な意味で受け取るほうがどうかしていると、わかっているのに。カルロスの髪をかき回す指が震えそうになる。

「もういい。ありがとう」

「うん」

ストップがかけられたのを幸いとばかりに、そそくさとカルロスに背中を向けた。

絶対、頬が赤い…変な顔をしている。

カルロスには見られたくない。

いたたまれなくなって顔を背けた陸だったが、背後から長い腕が伸びてきたかと思えば、絡みつくようにして抱き寄せられた。

「なぜ逃げる？」

耳のすぐ後ろで、低い声が囁く。カルロスの吐息が耳朶をかすめ、ビクッと露骨に肩を揺らしてしまった。

マズイ。変に……思われる。

そうわかっているのに、身体が硬直して動かない。

「リク？」

「ッ！」

身体に回されたカルロスの手が、陸の胸元を何気なく撫でて……ピタリと動きを止めた。

プツッと立ち上がった乳首の感触を、手のひらで感じたのだろう。

温泉に入っているといっても、屋外だ。湯から出ている部分はどうしても冷たくなる。

だから、そこが立ち上がったとしても生理的な反応であって、堂々としていれば不自然ではないはず。

自分への言い訳はいくらでも思い浮かぶのに、一言も声にならない。

「……ぁ、触る…なっ」

硬い感触を確かめるような仕草で、カルロスが手のひらをそっと動かす。ビクッと身体を揺らすと、ますます強く抱き寄せられた。

「でも、ここ…硬くなってる」

潜めた声で言ったカルロスは、円を描くように陸の胸を撫でながら、背後から耳朶に歯を立てる。

揶揄するような口調が、グサッと胸に突き刺さる。どうして放っておいてくれないのだと、恨みがましい気分になった。

「カルロス……おれ、なんか触って…楽しい？」

自虐的な質問だと思いつつ、皮肉を滲ませて問いかける。

あの夜だって、陸は転がっていただけで快楽を返すことができなかったのだ。

なんのつもりでカルロスが触れてくるのかわからないが、そんな相手を触ってもつまらないだろう。

「楽しい…な」

これで放してくれる…と思っていたのに、カルロスから返ってきたのは予想外の言葉だった。

顔が見えないので、どんなつもりでそう答えたのか、表情から察することもできない。もし顔が見えていても、カルロスは無表情だったかもしれないけれど。

たとえ、慣れない陸の反応を楽しんでいるのだとしても、この腕を振り解くことはできそうにない。

カルロスの望みなら……拒めない。

「あ……」

強張らせていた身体から力を抜こうとした時、人の声が近づいてくるのに気がついた。数人でしゃべりながら、ガサガサと草を分けて近づいてくる。

それに気づいたのだろう。陸を抱き寄せていたカルロスの腕が、ふっと離れていった。

放してほしいと思っていたのに、実際に解放されると急に寒くなったように感じる。視線を落として小さく息をついた陸は、自分の身体が反応しかけていた証拠に気づく。

……振り返ることもできず、慌てて湯の中に肩までしゃがんだ。バシャンと派手な水音が上がる。

今更ながら、心臓が猛スピードで脈打っている。

「……！」

「……、…。……っ？」

背の高い草をかき分けて姿を現したのは、三人……日本でいうなら小学生くらいの子供だった。

全員が、ワンピースのような民族衣装のガラベイヤを身に纏っている。幼いのと服装に男女の区別がないせいで、性別はわからない。

陸やカルロスが湯に入っているのを目にして、驚いた表情でピタリと口を噤《つぐ》む。

逃げるかと思ったけれど、子供が好奇心旺盛なのは万国共通らしい。陸たちがいる場所から一番遠い対角の部分へそろそろと歩き、観察するようにじっと見ている。

動くことのできない陸とは違い、カルロスは子供たちの視線を浴びながら堂々と湯の中を歩いて、石の縁へ手をかけた。

「昨日の病人の様子を見に行ってくる」

陸を振り返りもせずにそう言うと、湯から出て木の枝に干してあった服を手に取った。まだ生乾きだと思うのだが、気にせず身に着けていく。

きちんと靴まで履くと、陸を振り返りもせずに歩いて行った。

一人で残された陸は、視線を感じてゆっくりと背後に目を向けた。降り注ぐ三人の眼差しが熱い。

陸にはカルロスよりも威圧感がないので、警戒心が薄れたのだろう。三人は顔を見合わせて短く言葉を交わすと、服を脱いで湯に入ってきた。

ちなみに、三人とも男の子だったようだ。

「……可愛い」

精いっぱいの警戒と抑えきれない好奇心や冒険心が、見えるようだ。あまりにも可愛くて、思わずつぶやきが漏れた。

怖がらせたら可哀想なので、陸もこの場から立ち去ることにする。

湯から上がって生乾きの服を着るあいだも、ずっと子供たちの視線を感じていた。

基本的に人懐こい部類の陸は、言葉が通じるなら、話しかけていたのに……残念だ。と名残を惜しみながら温泉を後にした。

《七》

昼間、久々に風呂に入って気分も身体もサッパリしたはずなのに……眠れない。

背中合わせに眠っているカルロスを起こしてはいけないので、あまり寝返りを打つこともできず、息を押し殺して何度目かのため息をついた。

屋根代わりに組まれた木のあいだから、月明かりが差し込む。そのおかげで、ランプを消しても建物の中がぼんやりと明るいのだろう。

この屋根、乾期はいいけれど雨期は雨漏りするのではないか……そう考えた時。

「……リク」

低い声で名前を呼ばれて、ドクンと心臓が返事をした。ごそごそとしていたせいで、起こしてしまったのだろうか。

「ごめん。起こした？」

「いや、眠っていなかった。……寝られないのか？」

陸のほうを向いたのか、すぐ近くから声が聞こえてくる。息遣いまで聞こえてきそうで、ドクドクと脈打つ心臓をシャツの上から押さえた。

「いろいろ…考えていて」

陸が小さな声で口にすると、カルロスは「ああ」と短く相づちを打った。

「待っていれば、本当に助けが来るのか…とか、いつまで待てばいいのか……とか」

「不安か？」

「不安じゃないと言ったら、嘘になる。あ…でも、カルロスがいるから心強いけど」

しまった。これでは、カルロスが頼りにならないと言っているようなものだ。

そう思った陸は、慌てて心強いと言い足した。実際に、カルロスにはずいぶん助けられているのだ。

「……大丈夫だ」

優しい響きの声と共に、後ろから腕の中へと抱き寄せられた。

掛け布団の代わりにラクダの毛皮をかぶっていたけれど、人の体温はそれよりずっとあたたかい。

ただ、緊張してしまうのは仕方がないだろう。

「え……ぁ！」

襟足部分の髪にそっと触れてくる。肌に当たる指先がくすぐったい…そう思って首を竦《すく》めようとしたところで、うなじに唇を押し当てられた。

軽く歯を立てたかと思えば、ちゅ…と吸いつかれる。

前に回った手は当然のようにシャツのボタンを外していて、陸は混乱した。

すでに、儀式の生け贄としての資格はなくなったのだから、こういう関係だと見せつける必要はもうないはずだ。

身体を硬くしながら、昼に温泉のところで抱き締められたことを思い出す。

陸に触れて、反応を楽しんでいるのだろうか。それとも、ただ単にしたいだけ？　陸の身体を、少しは気に入った？

「……っん」

開きかけた唇が震える。喉まで出かかった言葉を呑み込んで、唇を噛んだ。

どうして……とカルロスに尋ねることができない。もっと根性があると自分では思っていたのに、こんなに意気地なしだったのだろうか。

「ぁ、あ……」

心は混乱していても、身体はカルロスに触れられることを喜んでいる。

昼間、中途半端に触れられたせいか…胸元に入ってきた手がそっと肌を撫でただけで、乳首が硬くなるのがわかった。

耳朶を口腔に含まれ、舌触りを楽しむように吸いつかれる。濡れた音が耳に直接注ぎ込まれているみたいだ。

触れられているのは胸元と耳だけなのに、簡単に身体が熱を上げる。

「ン……ン……ぁ」

吐息と一緒に甘えたような声が漏れてしまい、羞恥のあまり自分の指を噛んだ。

「リク……声、聞かせて」

耳のすぐ傍で低い声に促されたけれど、小刻みに首を振る。カルロスの声が、なんだか艶を含んでいて……両手で耳を塞ぎたくなった。

答えが怖くて、どうしてこんなことをするのか尋ねられない。

「や……、ゃだっ」

それまでは抵抗らしい抵抗もできなかった陸だが、ズボンを脱がされそうになった瞬間、大きな手をギュッと押さえた。

今の精神状態で、あの自分が自分でなくなるような時間に放り込まれると、なにを口走ってしまうかわからない。

「…この前みたいにはしない」

「？　で、も……」

なにをどうするつもりかわからないまま、抗《あらが》う力の弱まった手を払われる。カルロスの手がウエスト部分を摑んだと思った次の瞬間、ズボンと下着を纏《まと》めてずらされた。

脇腹から腰骨を辿り、あたたかい手が下腹部に押し当てられる。反射的に腹筋と腿の筋肉がビクッと強張り、カルロスの手がそっと撫でた。

「怖がるな。……しなやかないい筋肉だ。細く見えても、機材を担げるのがわかる」

まるで、動物の身体つきを鑑定しているみたいだ。そう思った瞬間、ふっと陸の身体から緊張が抜ける。

それを見越していたように、脚のあいだに潜り込んできた手が、やんわりと性器を包んだ。

「ぁ！」

咄嗟に身体を逃がそうとしたけれど、浮いた頭の下を右腕がぐぐって抱き寄せられる。左手は、脚のあいだで微妙な刺激を与えてきて……大きな腕の中にすっぽりと抱き込まれているような体勢は、ただひたすら心地よかった。

ほんの少し前までは逃げようと思っていたはずなのに、金縛りにあったみたいに動けなくなってしまう。

「は…っン」

吐き出した息が甘い……。

このままだと、甘ったるい声を漏らしてしまいそうだという危機感に駆られる。手を上げて口元を覆いかけたところで、カルロスの右手に摑まれる。

耳の裏側に舌を這わせながら、ダメだ…と窘《たしな》められた。

「リクの声、好きだ。子犬が鳴いているみたいで、可愛い」

「……ッ」

そんなわけ、あるか。

わざと可愛げのない言葉を返そうとしたのに、喉の奥が詰まったようになっていてうまく声が出ない。

行き場のない熱が、身体の中をぐるぐると巡っているみたいだった。

「ここ、硬くなってきた……」

潜めた声で言ったカルロスは、身体を竦めた陸に追い討ちをかけるように、自分の手の中ですっかりと屹立した性器を指先で辿る。

ビリビリと腰から這い上がった鋭い感覚は間違いなく快感で、陸は必死で奥歯を噛み締めた。

「リク…」

「あ……」

密着した腰に、背後から硬いものが当たっている。さっきから陸のうなじをかすめる吐息が熱くて、それがなにか…など、考えるまでもない。

存在に気づいてしまうと、意識せずにはいられなくなった。

思わず身体をよじると、陸を抱き寄せるカルロスの腕に力が入る。ますます密着度が高くなり、心臓が壊れるのではないかと思うほど激しく脈打った。

「俺が嫌いでないなら、逃げないでくれ」

ちゅ…と耳の下に唇をつけたカルロスが、少し身体を離す。陸に触れていた手も離れていき、唐突に放り出されたような不安に襲われる。

けれど、すぐにそんな不安は消し飛んだ。

ゴソゴソとしていたカルロスが、背後から陸の腰を抱き寄せ……腿のあいだに熱くて硬い感触が押しつけられる。

それがなにかを悟った瞬間、陸は首から上に一気に血が上るのを感じた。

耳も頬も、火を吹きそうなほど熱くて……口の中や喉がカラカラに渇く。

「ぁ……な、にっ」

中途半端に下げられたズボンが膝のところに絡んでいるせいで、ピッタリと閉じた腿のあいだを押し広げるように、後ろから挟み込まされる。

不思議なくらい嫌悪感はなく、込み上げてくる羞恥に身体を硬直させた。

「あ…ぁ！　ン……ぅ」

あまりのことに呆然としていると、再びカルロスの左手が後ろから伸びてくる。

ゆるゆると手の中で擦られるのと同じリズムで腰を押しつけられて、あっという間に昂るのがわかった。

なにもわからなくなって挿入された前回とは違い、思考力が残っているせいで理性を手放して快楽に溺れることもできない。

カルロスの身体の熱さとか……うなじをくすぐる吐息とかが、与えられる直接的な刺激よりも陸を淫らな気分にさせる。

「……ン」

喉の奥で殺したようなカルロスのかすかな声に、たまらなく色気を感じて…背中を震わせる。思わず膝を擦り合わせると、軽く耳朶に歯を食い込まされた。

「っ、リク…いたずらするな」

ついでのように這わされた舌が、熱い……。意図してのことではないと、否定することもできない。

「だ…って、ぁ、あっ…も、出そ……っ」

「もう少し、待て……」

指の先で屹立の先端を擦られると、濡れた音が聞こえてきて…思わず、抱え込むように背後から回されているカルロスの腕に爪を立てた。

脚のあいだも濡れている感じがする。カルロスが陸で快楽を得ているのかと思うと、それだけで更に身体の熱が上がった。

「あっ、あ……ぁ…ぬるぬる、して…っる。あ…そんなに、揺すっ…っ」

なにも考えずに渇いた唇を開いても、意味のある言葉は出てこない。

陸が口にするのは、いつの間にか使い慣れた日本語になっていたけれど、カルロスの耳に届いていないのか聞き返されることはなかった。

背後から身体を揺さぶられる動きが、少しずつ早くなる。

「ッ、も……いい、か？」

「いっ…い、ぁ……も、ダメ……あっ、ぁ！」

限界を告げた瞬間、不思議な浮遊感に包まれる。

息苦しいほどの強さで抱き締められると同時に、陸もビクビクと身体を震わせた。

「は……っ、は…ぁ、っ……ン」

噛み締めていた奥歯を解くと、夢中で空気を貪《むさぼ》る。身体がずっしりと重くて、動くことができない。

背後からピッタリとくっついたカルロスも、動くのが億劫なのか、しばらくそのままの体勢で陸を抱いていた。

激しかった心臓の鼓動が少しずつ落ち着いてくる様子が、背中に伝わってくる。

「身体、拭くから…寝ていたらいい」

ふー…と大きく息をついたカルロスは、汗ばむ陸のうなじに唇を押し当てて、ゆっくりと身体を起こした。

脚のあいだに挟まれていた感触が去っても、皮膚がジンジンと痺《しび》れているような余韻が残っている。

今の行為に、どういう意味があったのだと……尋ねることはできなかった。

□□□

カルロスが住人に呼ばれて出て行くと、陸は飲み水を汲むためにラクダの胃袋を加工して作ったという袋を持って、井戸に向かった。

最初は胃袋というのに抵抗感があったが、軽くて破れにくく、しかも零れないという優れものだ。バケツではこうはいかない。なにより、水を入れれば重くなるのだから、器が軽いに越したことはない。

生活していく上で生まれた知恵というものの素晴らしさを、再認識した。

乾期のオアシスは、今日も雲ひとつない快晴で……陸たちがここに来た時と変わらない空が広がっている。

あっという間に、ここに来て十日が経った。テレビはもちろん、ラジオさえないこの集落には外の情報が全く入らないので、ホセたち発掘調査隊が陸やカルロスを捜してくれているのか否かもわからない。

カルロスは薬師として重宝されているらしく、ほぼ毎日薬草を集めてきては、煮たり煎じたりしている。

陸の仕事はといえば、子供でもできるような雑用だ。水を汲みに井戸へ行ったり、カルロスの手元を確認しながら指示された薬草を摘んだり、薬草を煮詰める鍋の火の番をしたり……。

……一番役に立っているのは、性欲処理の相手かもしれない。

そんな情けないことを、八割ほど本気で思っている。

干草のベッドでカルロスに抱き締められたのは、ここに来て十日のあいだで三度だ。

最初は、儀式の生け贄にされそうだった陸を助けるための苦肉の策だったのかもしれない。でも、二度目と三度目は理由もなく無言で抱き寄せられて、心を置き去りにして身体だけが満たされる空虚な時間を過ごした。

「それも、役に立っているというほどでもないか……」

井戸が見えてきたところで、独り言をつぶやいて大きなため息をついた。

自慢できるようなテクニックがあるならまだしも、ほとんどカルロスにされるがままなのだ。お世辞にも、カルロスを満足させている……とはいえないだろう。

なによりも虚しいのは、心が伴っていないからだ。

岩窟のシャフトに落ちる直前には、陸へ心を開いてくれたのかと錯覚するほど優しく話してくれた。地下水路を歩いている時もだ。ホセしか知らなかったという、自身のことを聞かせてくれて嬉しかった。

でも、ここに来てからは…遺跡で初めて顔を合わせた時のように口数が減った。

陸にはどうすることもできない。庇護されているだけの状況をなんとかしたくても、ここの住人とは言葉さえ通じないのだ。

今の陸には、カルロスの腕を拒むこともできず……好きという言葉も、まるで守ってもらいたいために言うみたいで口にすることができない。

「カッコ悪いなぁ……」

うじうじするのは自分らしくないとわかっていても、一人で考える以外にすることがない。ため息をついて、井戸の脇に膝をついた。ロープの端を手首に巻きつけ、バケツが括りつけられている側を井戸に落とす。

……ここから這い上がった時に住人とバッタリ顔を合わさなくて幸いだった。驚きのあまり、腰を抜かされていたかもしれない。

「……今日も綺麗な水をありがとう」

ずっしりと重いバケツを引き上げて、水を袋に移しながらつぶやく。

陸たちは煮沸《しゃふつ》しないと飲めないけれど、貴重な飲み水だ。こうして周りを砂漠に囲まれていると、水のありがたみをひしひしと感じる。

何度かバケツを落としては引き上げ…ということを繰り返し、袋の八分目まで水を入れた。

これでよし。帰るか……。そう思いながら振り返ると、さっとヤシの木の陰に誰かが身を隠した。背丈から推測して、子供だろう。

手には、陸のものと同じ水を入れるための袋を持っている。水を汲みに来たら陸がいたので、コッソリと様子を見ていたに違いない。

小柄な身体は、日本でいえば小学校の低学年か中学年くらいか。細い手足だが、ここでは立派な労働力だろう……。

「あ」

ふと、この子供に見覚えがある気がして首を捻《ひね》り……思い出した。一週間くらい前に、温泉で逢った子供の一人だ。

陸が声を発したことに驚いたのか、子供はビクッと飛び上がって逃げ出そうとした。

「あ、待てって…おい、水を汲みに来たんじゃないか？　……おいで」

言葉は通じないだろうけど、バケツを手に持って、おいでおいでと手招きする。陸は、怖がらせないよう意識して笑顔を浮かべた。

頬の筋肉がなんだか硬い…？

ぎこちないのが、自分でもわかる。どうしてだろうと考えて、原因に思い至った。

……笑ったのなんて、久しぶりだからだ。

危害を加える気はないということが伝わったのか、恐る恐るという形容がぴったりな動きで子供が近づいてくる。

「水、汲んであげるよ」

通じないとわかっていながら、バケツを穴に落として水を汲み上げた。袋を広げるようにジェスチャーで伝えると、驚いた顔でおずおずと袋の口を広げる。

素直だ。……可愛い。

子供が持っている袋が水でいっぱいになる頃には、笑顔を見せてくれるようになった。どうやら、怖い人ではないと理解してくれたらしい。

「……、…？」

なにか一生懸命に話しかけてくるけれど、言葉がわからない。それでも、ここに来てカルロス以外の人と接するのは初めてで……なぜか鼻の奥がツンと痛くなった。ピンと張っていた糸が、突然プツンと切れてしまったみたいだ。

じわっと目の前が白く霞み、慌てる。

泣くことなど、ないはずだ……。泣くな。

そう自分に言い聞かせても、吐く息が震えた。ギリギリまで目に溜まった涙は、まばたきしたはずみに零れ落ちて頬に伝った。

子供がビックリしている。

「……？」

小さな声で陸にはわからない言葉を口にした彼は、そっと細い手を伸ばし、陸の頬をぎこちなく拭ってくれた。

精いっぱい、慰めてくれようとしている。

こんな子供が……と思えば、ますます喉の奥から熱いものが込み上げてきて、震える唇をギュッと噛んだ。

泣くことなど久しぶりで、どうやって涙を止めればいいのか忘れてしまった。

井戸の脇でしゃがみ込んだ子供は、肩を小刻みに震わせる陸を、澄んだ瞳でじっと見ていた。


陸が落ち着くまで傍でしゃがんでいた子供と、並んで井戸を後にした。

小さな子供に醜態を見せてしまったのは照れくさいけれど、純粋な子供の前だったから自分をさらけ出すことができたのかもしれない。

これがカルロスなら変な意地を張ってしまい、絶対に泣くことなどできなかっただろう。

子供には水の袋は重いだろうと、持ってあげようとした陸だが、差し出した手を強固に断られてしまった。

やっぱり、信用してもらえないのか…と少し淋しくなったけれど、両手で袋を抱えた子供の姿に思い違いだと気づく。

子供なりに、これは自分の仕事だと決めているのだろう。それに、この場で一度だけ陸が持ってあげたとしても、毎回手を貸してあげられるわけではない。

井戸のところで水を汲んだのも、余計なことだったかな…と落ち込みかけた陸を見上げて、子供は笑った。

それが嬉しくて、陸もそっと笑みを返す。

ヤシの木や薬草が生えている丘まで来たところで、屈み込むカルロスの姿に気がついた。

「……！」

一生懸命に草を見ているようなので、声をかけるか黙って通り過ぎるか迷った時、子供に話しかけられる。

「ごめん。言葉はわかんないんだって」

首を傾げながら笑い返した瞬間、カルロスが立ち上がってこちらへ歩いてきた。陸と子供の声が聞こえたのだろう。

「リク！　なにをしている？」

思いがけず厳しい詰問口調で話しかけられて、なにか悪かったのだろうかとわずかに眉を寄せた。

「水、汲みに……。この子とは、井戸のところで逢ったんだ」

カルロスの視線が子供に移る。険しい表情のまま短く声をかけると、子供は早足で丘を下りていった。

「なに……どうかしたのか？」

「帰ってろと言っただけだ。リクは、あまり住人とかかわるな」

「な……」

思わず絶句した陸は、きゅっと眉を寄せる。

一方的な言葉に、初めてカルロスに対して反抗心が湧いた。やっと友達になれそうだった子供を追い払うようにされたのが、引き金になったのかもしれない。

「かかわるなって…おれは、カルロス以外と口をきくのもいけない？」

「言葉がわからないんだ。話すこともないだろう」

「そうだけど、……っ」

どう言えばいいのかわからなくなって、言葉を切った。

カルロスは陸になにを望んでいるのだろう。

あの建物にこもって、夜にカルロスの相手をするだけ……なんて、役に立つとか立たないという以前の問題だ。なによりも、そんな生活は陸自身が耐えられない。

「……帰る」

「リク！」

このままカルロスと向き合っていると、自分がなにを言い出すかわからない。呼び止める声を振り切った陸は、水の袋を抱えて大股で丘を駆け下りた。

真っ暗な地下水路を歩いていた時は、カルロスの心が摑めそうなほど近くにあると感じていたのに……明るい地上に出た今のほうが見えづらいなんて、皮肉だ。

陸は丘を駆け下りたままの勢いで集落を突っ切り、与えられた住処《すみか》に向かった。外は暑くても、半ば地下にあるため居住空間は涼しい。

水の入った袋をひんやりとした床に置くと、大きく肩で息をした。

頭の中が、ぐちゃぐちゃだ。

「どうしろっていうんだっ」

干草のベッドに身体を投げ出して、頭を抱えた。

目を閉じてぼんやりしていると、現実逃避だとわかっていながら眠くなってくる。

このまま、ふて寝してやろうか……と思ったけれど、ふと誰かに呼ばれたような気がして伏せていた瞼を開いた。

入り口に目を向けた陸は、小さな人影がここを覗き込んでいることに気がついた。

「あ、さっきの……」

カルロスに追い払われた子供だ。陸に逢いに来てくれたのだろうか。

目が合うと、彼はにっこり笑って陸を手招いた。

「なに……？　どこかへ、案内してくれるのか？」

転がっていた干草のベッドから立ち上がって、子供の傍に近づく。子供はなにか言いながら、陸のズボンを引っ張った。

陸は少し迷ったけれど、そのまま子供についていってみることにした。

集落の通りには不思議なほど人がいない。数日後に迫っているという祭りの準備をするため、どこかに集まっているのだろうか。

途中、何人か子供が遊んでいて、陸たちを不思議そうに見ながらついてきた。

ぞろぞろと五、六人を引き連れて歩いていると、子供の頃に読んだハーメルンの笛吹き男という本を思い出して、おかしくなる。

「どこまで行くんだ…？」

目の前に砂丘が広がり、独特の形をした巨大な奇岩が所々に転がっている。振り返れば、かろうじて建物の屋根やヤシの木が見える。

足元を見れば、ぽつぽつと生えていた草もなく……集落の敷地から砂漠に出ているとしか思えない。

「……！」

陸が不安を感じ始めた時、子供が足を止めてどこかを指差した。

陸は目の上に手をかざし、子供が指差した方向を眺める。

砂漠の黄色い砂と……白い岩。

何の変哲もない光景に見えるけれど、よく見ると巨大な岩がいくつか固まっているのがわかる。

明らかに人の手が入っている。

「なんだ、あれ。見に行ってもいいのかなぁ……」

尋ねようにも……言葉が通じない上に、ここにいるのは子供ばかりだ。

迷ったけれど、好奇心が迷いを凌駕《りょうが》した。

ゆっくり近づくと、遠目で見たときの印象より巨大な岩が、いくつも寄せ集められているのがわかる。陸の背丈よりも大きい。オアシスの集落には重機の類《たぐい》は一台もないのだから、どうやってここに運んできたのか不思議だ。

岩と岩のあいだに隙間があり、覗き込むとかなり広い空洞があるようだった。

「中に入れそうだな。まるで、岩窟墓みたいな感じだ」

古代遺跡のようだとチラリと頭によぎったが、まさか…と打ち消す。しかし打ち消した直後に、あり得ない話ではないと正反対のことを考えていた。

陸を真似て、子供たちも岩のあいだから中を覗き込んでいる。

「入ったら…マズイかな。ライトとかもないし、出直したほうがいいか」

今は無理だという判断を下し、帰ろうとした時だった。

「……ッ！」

背後から鋭い声が投げつけられ、驚きのあまり飛び上がった。

慌てて振り向くと、首長の老人を先頭に数人の住人が立っている。薬草を盛った籠を手にした、カルロスの姿もあった。

「リク？　ここでなにをしているんだ！」

カルロスは草を盛った籠を別の男に渡すと、心底驚いた口調で言いながら近づいてくる。その勢いに、モヤモヤとした気分だったのも忘れて口を開いた。

「子供に連れられて…あ」

陸と一緒に岩の隙間から覗き込んでいた子供たちは、大人の怒気を含んだ声に追われるようにして、集落あるオアシスのほうへ走っていった。

ここへ先導していた子供が、何度も陸を振り返る。

「カルロス、ここはなんだ？　初期の岩窟墓のように見えるし…」

「説明は後だ。リクも戻ったほうがいい」

首長をはじめとして、陸へ向けられた住人の視線は突き刺さるように痛い。それも、どう楽観的に考えても好意の目ではない。

ここはカルロスの言うとおり、立ち去ったほうがよさそうだ。

陸がオアシスのほうへ歩き始めると、カルロスがぽつぽつとしゃべっているのが聞こえてきた。

陸のフォローをしてくれたのかもしれないが、本当のところはどうかわからなかった。

《八》

カルロスは、太陽が西の地平線に半分近く隠れる頃になって戻ってきた。途中で渡されたのか、手には二人分の夕食が盛られた皿を持っている。

オイルランプをつけて、淡い光の中で黙々と夕食を口に運んだ。あの岩はなんだったのか気になるが、陸から尋ねることはできない。

食事を終えると、やっとカルロスが口を開いた。

「リクがいたところは…岩窟墓だ。それも、紀元前一三〇〇年から紀元前一四〇〇年頃のものだと思う。保存状態はそれほどよくないが、盗掘の被害に遭っていないせいで中は考古学的な宝の山だ」

「本当っ？　本格的な研究をしたら、墓の主もわかるよね。世紀の大発見という可能性も…」

わくわくして身を乗り出したけれど、カルロスはなぜか複雑な表情をしている。陸より喜んでいるかと思ったが……そうでもなさそうだ。

「リク、俺たちにとっては研究対象だが、あの場所はここの住人にとって聖なる場所なんだ。大掛かりな祭りがあるといっただろう？　祭殿はあそこだ」

「……？」

墓窟イコール祭殿、というカルロスの言葉に陸はわかっていない顔をしたのだろう。ぽつぽつとカルロスが言葉を続ける。

「文献もないので憶測でしかないが、ここの住人はあそこに葬られている人物の護衛の末裔《まつえい》なのだと思う。ずっと、先祖の代から何千年も墓を守ってきたんだ。時を重ねるうちに、いつしか、それが信仰の対象になった…」

子供に言い聞かせるような説明は、すごくわかりやすいものだった。同時に、カルロスが複雑な表情をしている意味もわかる。

研究対象としては、とてつもなく魅力的なはずだ。でも、ここの住人たちが長い年月をかけて信仰して守ってきたものに対して、学術的価値がどうの…といって土足で踏み入るような真似などできない。

なにより、ここに住まわせてもらえなければ、陸たちの命はとっくになかったかもしれないのだ。

恩を仇で返すようなことはしたくないと思うのは、陸だけではないだろう。

「……とりあえず、リクがあの中に入らなくてよかった。儀式に無関係な人間が立ち入れば、処刑されるそうだ」

処刑という物騒な言葉に、スッと顔面から血の気が引く。それが、脅しではないとわかるので尚更だ。

「……思い留《とど》まって正解だった……」

あの時、陸たちに向かって言葉を投げつけた首長の剣幕の理由がわかった。

子供たちは、あの場所の意味を知らなかったか、好奇心に負けたに違いない。

大人から、行ってはいけない、見てはダメだと言われれば言われるほど覗いてみたくなるという心理は、陸にもわからなくはない。

「ともかく、リクはふらふらと出歩くな。できるだけこの建物の中にいて、じっと助けを待っていればいい」

無表情のカルロスの口から出た言葉に、忘れかけていた暗い感情を思い出す。

誰ともかかわらず、ここでじっとして……夜にカルロスの相手をしていたらいい、と。そういう意味だろうか。

「おれ、考えたんだけど…」

自分でも驚くような硬い声が出た。カルロスは気づかないのか、気づかないふりをしているのか……淡々と返事をする。

「なんだ?」

それが、まるで…おまえなど相手にしていないと言われているみたいで。

どんどん己が卑屈になっていくのがわかる。

「もう十日になるのに、誰も来てくれない。じっと待っていても、いつになるかわからないのなら、ここから出て助けを呼びに行ってみようと思うんだ」

「……バカなことを」

陸の言葉を聞いたカルロスは、ピクッと眉を揺らして短い一言で一蹴《いっしゅう》した。冗談だと思ったのだろうか。

けれど陸は、冗談を口にしたつもりはなかった。

このままただひたすらカルロスに庇護され、できることといえばベッドで身体を開くくらいで……という生活をどれくらい続ければいいのか、終わりが見えないのが一番きつい。そういう扱いをされているわけではないが、性欲処理の道具になったみたいだ。

庇護されていることへの代償だと、割り切ってしまえればいいのかもしれない。でも、カルロスを好きだという心がキシキシと悲鳴を上げている。

「おれ、本気だよ。夜のあいだにできるだけ歩いて、日中は岩陰で休めばいい。水の袋を二つ三つ持っていれば、何日かは大丈夫だろ。東に向かって歩けば、ここみたいなオアシスがあるかもしれないし……」

「闇雲に砂漠をさ迷うなど、自殺行為だ」

一生懸命に訴える陸とは違い、カルロスはあくまで冷静な声で反対する。

本当は陸にも、カルロスの言うことが正しくて、自分が無茶なことを口走っているとわかっている。

でも……焦燥感につき動かれるまま、カルロスに反発してしまう。

「……だけど、今の生活を続けるよりマシだ。なにもできずに、カルロスに背負われているだけなんて…」

抑えた声で言った陸は、グッと両手を握って床を睨みつけた。

なにもできない自分にイラついて、カルロスに八つ当たりしているようなものだ。それがわかっていたので、カルロスの顔を見ることはできない。

息遣いさえ聞こえてしまいそうな沈黙が、広がった。

「リクは…嫌だったのか」

低くつぶやいたカルロスの声が沈黙を破った。

……嫌というのは、なにを指しての言葉だろう。

なにもできない自分は確かに嫌だし、カルロスに護《まも》ってもらわなければ生きていけないという今の状況も、好ましくない。

でも、遠い存在だったカルロスと一緒に生活したり、抱き寄せられたりするのは嫌とは言えない……。

それをうまく伝える術《すべ》がわからなくて、陸は無言のまま床に敷かれた織物を見据えた。

「おれ、行くから」

目を合わせようとしないまま、頑なに行くと言い張ると、目の前に座っているカルロスが深いため息をつくのがわかった。

「……強情な。行かせないからな」

スッと立ち上がったカルロスに、殴られるかもしれないと身構えた。

そうしてくれれば、少しはスッキリするかと自虐的な気分で奥歯を噛みしめたけれど、拳《こぶし》が振り下ろされる気配はない。

「な……に。カルロス、なん…だよっ！」

手首を掴まれて背中で一纏めにされたかと思えば、細いロープのようなものが巻きつけられる。薬草などを束ねる時に使う紐だろうか。ざらざらとした粗い感触に眉を顰めた。

「カルロスッ」

非難の声を上げても、カルロスからの答えはない。不機嫌なオーラを背負い、無言で陸を干草のベッドに押さえつけた。

ほのかな光の中、無表情で陸を見下ろすカルロスは…端整な容姿をしているだけに、恐ろしいほどの迫力があった。

まるで美しい魔物が、捧げられた生け贄をどう料理するか思案しているみたいだ。

「どうする気だよ。や……だっ」

カルロスの唇が寄せられるのに嫌だと顔を背けようとしたけれど、噛みつくような勢いで口づけられるほうが早かった。

痛いくらいの力で頭を摑まれて、強引に舌が潜り込んでくる。

「ンー……、ぅ…」

絡めとられた舌が、痛い。陸の意思を無視したキスは初めてだ。じわりと滲んだ涙のせいで、目の前が歪んで見えた。

なにより、身体の下敷きになった腕が痛みを訴えている。

痛いからやめてくれと、泣いて訴えたら解放してくれたかもしれないけれど、陸は意地を張り続けた。

ただ、『好き』という感情は厄介で……カルロスの舌に嚙みついてでも拒めない自分が、情けない。

「……おれを縛りつけて飼おうっての？」

「それもいいかもな」

精いっぱいの虚勢を張った言葉に、抑揚のない声が返ってくる。あきらめたつもりだったのに、胸の奥がズキンと鈍い痛みを訴えた。

好きにしろ、という投げやりな気分になった陸は、強張らせていた肩から力を抜いてぼんやりと天井を見上げた。

「ぁ……んっ、…っ」

薄闇にぴちゃぴちゃという濡れた音が響いている。大きく割り開かれた股関節は痺れたようになっていて、ほとんど感覚がない。

絶望的な気分になっていても、触れられると感じる身体が憎い。

カルロスの口腔に含まれた屹立は、絶頂の一歩手前まで追い上げられては突き放され…という拷問のような愛撫を繰り返されて、ジンジンと鈍い痛みを訴えている。

今も、ビクッと陸が腹筋を強張らせた瞬間、絡みついていた舌が離れていった。

「……ッぅ」

みっともない声を殺すために唇を強く噛むと、鉄の味を感じる。それに気づいたのか、カルロスがぺろりと陸の唇の端を舐めた。

「自分を傷つけてまで強情を張るな」

低い声を無視した陸は、顔を背けて口づけを拒む。

快楽に負けて白旗を上げるという真似だけは、絶対にしたくない。そう言い聞かせていても、どうしてこれほど意地になっているのか自分でもわからなくなりそうだ。

「……あ！」

無言で陸の頬を撫でたカルロスは、その指を開かれた脚の更に奥へと伸ばした。ずっと焦らされ続けているせいで、そこまで唾液や溢れた体液が伝い落ちて濡れている。

指を押しつけられると、わずかな抵抗のみで長い指が根元まで沈んだ。

「ッ……ぁ…」

異物感はあっても、耐えられないほどではない。陸は、簡単にカルロスの指を受け入れてしまった自分の身体にうろたえた。

「ここまで濡れてる。もう一本くらい…簡単に入りそうだ」

「ゃ！　……っっ！」

様子を窺うように挿入した指を数回抜き差しすると、低く笑ったカルロスが指の数を増やした。倍になった質量に、ビクッと背中を反らせる。

その指を歓迎するように、内壁が締めつけているのがわかって……怖い。

焦らされ続けているせいか、もっと欲しい…と更なる刺激を求めてしまいそうになる。

「すごいな……いい、か？」

どこか熱っぽい声で言ったカルロスは、深くまで挿入した指の先を、絡みつく粘膜の感触を味わうようにじっくりと動かした。

その瞬間、陸の意思とは関係なく腰が跳ね上がる。

「あっ、ぁ……、な…に、して……ッ」

なにか…カルロスが特別なことをしたのかと思った。ビクビクと脚が震え、全身を駆け抜けた電流のような刺激に目を見開く。

「なに…って、なにも。俺の指を締めつけているのも…腰を揺らしているのも、リクがしていることだ」

「して、な……ぃ」

首を振って否定しながら、陸にもわかっていた。身体の奥にある指を、ビクビクと締めつけている。

これだけでは足りないと、催促しているみたいだ。

「俺が……欲しいって、言え」

首筋にキスを落とし、耳朶に歯を食い込ませながらカルロスが低い声でつぶやいた。

そのかすかな痛みさえ、身体は快感に変換してしまう。ビク…と肩を震わせた陸に、もう一度甘い声が唆《そそのか》した。

「リク、言えたら…好きなだけやる」

「あ……」

ゆっくりと指が引き抜かれて、思わず縋る目でカルロスを見上げた。

嫌だ……。

もっと、欲しい。指より、確かな存在感で埋めてほしい。

カルロスを求めることでいっぱいになって、なにも考えられない。真っ黒な瞳を見据えながら、陸は震える唇を開いた。

「欲し……い、カルロス」

「……合格」

カルロスは陸と視線を絡ませたまま自分の唇を舐めると、上半身を起こして陸の腰を抱き寄せた。

屹立の先端を押し当てられ、熱くて硬い圧倒的な存在感に支配される感覚を思い出して、ビクッと喉を反らした。

「ぁ……あ、あっっ！」

「……ッ」

息を吐くタイミングに合わせて、一気に奥まで突き入れられる。苦しいけれど、耐えられないほどではない。身体の下敷きになった腕のほうが痛いくらいだった。

それが顔に出ていたのだろうか。

「悪い。体勢、変える……」

吐息をついてそう言ったカルロスが、陸の背中をすくい上げた。

「――……ッッ！」

声も出せないほどの衝撃に襲われて、反射的に逃げかけた。けれど、長い腕にしっかりと絡めとられていて身体を離すことができない。

「ゃ……っ、ゃ…っぅ」

「リク、息を詰めるな。ゆっくり…吐いて」

やわらかい響きの声で宥めるように言いながら、そっと背中を撫でられる。

陸は噛み締めていた奥歯から力を抜き、なんとか深呼吸をした。

「は……っ、は…ぁ、っ……」

少し呼吸が落ち着くと、胸を合わせてカルロスの膝に抱えられているような体勢で抱き締められているのがわかった。

腕の痛みはなくなったけれど、身体の奥にあるカルロスの屹立が今までになく深いところまできているような感じがする。

「あっ、まだ……動かさ…な、ぁ……あ!」

「無理だ。でも、リクも感じて…る、だろ…」

待てという陸の制止を振り切り、腰を摑んで下から身体を揺さぶられた。

腕を背中側で拘束されているせいで、どこにも縋りつくことができず、グラグラと不安定に揺れる。

「あ、っ……ふ、ぁ、あ……っっ！」

グッと腰を押しつけるようにして身体の奥を突かれた途端、ビクビクと背中が震えた。カルロスの屹立を包む粘膜が、痙攣するように収縮している。

上半身から力が抜けて、抱き寄せられるままカルロスの肩に頭を預けた。

「な……に…」

なにがどうなったのか、わからない。

脱力感に襲われて全身が痺れたようになっている。

「そんなに感じた？　触ってもいないのに…」

「あ……」

二人のあいだに手を入れたカルロスが、指に絡んだ白濁を陸に見せつけるようにして低く笑う。

自分でもどうなったのかよくわからないまま、達していたらしい。

陸は衝撃を受けたが、ゆっくりと身体を揺すられると次々と快楽が込み上げてきて、なにも考えることができなくなった。

「ぅあ、ぁ……っん、ぅ……っ」

「リク…熱い……」

カルロスの息も上がっている。

ぼんやりとした視界に、潤んだ黒い瞳が映り……快感に溺れているのが陸だけではないと教えてくれる。

汗で額に張りつく前髪と、欲情を隠すこともなく陸を見据えている瞳が、凄絶な色気を滲ませている。

目を合わせた陸は、自然と唇を寄せた。

「ん……ンッ」

「ッ……っふ……」

触れるだけで唇を離そうとしたけれど、後頭部に回された大きな手に頭を抱き寄せられて、深いものになる。

絡ませた舌が、蕩けるのではないかと思うほど熱い……。

陸は自分の中にある意地やプライドから目を逸らして、底なし沼のような快楽に身を沈めた。

□　□　□

目を開けると、入り口から見える屋外がぼんやりと明るくなっていた。そろそろ朝日が顔を出す時間らしい。

どうなったのか思い出そうとした陸だが、眠りに落ちるあたりの記憶がない。眠るというより、半ば意識を飛ばしていたのかもしれない。

目の上に腕を置き、大きく息をついた。

……そこで、いつの間にか腕の拘束が解かれていたことに気がついた。服もきちんと着せられている。

粗い紐を巻きつけられていた手首がヒリヒリしているのに眉を寄せて、のろのろと目の前に両手をかざす。

今は薄暗いのでわからないけれど、擦り傷が残っているかもしれない。

「リク……目が覚めたか?」

すぐ傍から聞こえてきたカルロスの声に、ビクッと持ち上げていた手を下ろした。

「大丈夫か?」

「……」

無視しようと思っているわけではないのに、言葉が喉に引っかかったみたいになって声が出ない。

けれどカルロスは、陸が意図して答えないのだと思ったらしい。

「……俺としゃべりたくなくても仕方がないか」

あきらめの滲む声でそう言って、嘆息した。

否定することもできず、陸はカルロスに背中を向けた。目を閉じると、再びとろりとした眠気が込み上げてくる。

自分でも情けないと思いながら、浅い眠りに逃げ込んだ。


次に陸が目を覚ますと、完全に日が昇っていた。

建物の中にカルロスの姿はない。

身体を起こそうとして、あまりの重さに断念した。陸の周りだけ、重力が数倍になってしまったみたいだ。

「水、遠いな……」

喉がカラカラで、水が飲みたい…と思っても、飲み水を入れてある瓶までが遠い。

干草のベッドの上で身体を丸め、深いため息をついた。

昨夜、カルロスにここから出て助けを求めると言った時は、本気でそうするつもりだった。無謀だとはわかっていても、なにもしないよりマシだと思ったのだ。

今では……そんな気力もどこかへ行ってしまった。

ここで、カルロスに飼われるのもいいのでは…。

投げやりな気分でそう思う。

「……ぁ」

何度目かのため息を吐き出した時、長身を屈めてカルロスが入ってきた。バッチリと目が合ったので、寝ているふりもできない。

「リク…これを」

差し出された皿を、反射的に受け取った。パンのあいだに野菜や肉を挟んで、サンドイッチにしてある。食べやすいように…だろうか。

カップの中身は、薄いお茶のような色をしていた。薬草やハーブをブレンドした薬湯かもしれない。

いらないと突っぱねるのは簡単だったけれど、カルロスが陸のために用意してくれたのかと思えば無下《むげ》に扱うことができない。

あんなことをされても、カルロスを嫌うことのできない自分が哀れになる。

「……」

無言で青くさい液体の入ったカップを口に運ぶ。

母が好んで飲んでいた、ハーブティーと似た味だった。匂いから想像していたよりは飲みやすそうだ。

陸が口をつけるのを見ていたカルロスが、小さく肩を上下させたのが視界の端に映った。拒絶されるかもしれないと思っていたのだろう。

「リク……」

カルロスがなにか言いかけた時、外でざわめきが起こった。

……なんだろう。明らかにいつもの集落の朝とは違う、異質な雰囲気だ。

思わずカルロスと陸も顔を見合わせる。険しい表情のカルロスが、ゆっくりと立ち上がって外を覗いた。

「……まさか」

低いつぶやきを残して、カルロスが外へ出て行った。取り残された陸は、外の様子を見ることもできず、途方に暮れる。

一人で置いて行くなよ、と恨みがましい独り言が漏れた。

「リク！」

「うわっ、はい！」

すごい勢いで駆け込んできたカルロスに、反射的に返事をした。気まずさに目を合わせないようにしていたのも忘れて、顔を上げる。

息を切らせて…かなり慌てた様子だ。これほど取り乱したカルロスを目にするのは初めてで、なにがあったのか尋ねるのも忘れて呆然としてしまう。

「助けが来た。帰れるぞ！」

一瞬、言われた言葉の意味がわからなかった。

心の中で復唱して、やっとジワジワと身体の奥から喜びが湧いてくる。

「本当に……？」

「ああ。高台からトラックが見えた。もうすぐ到着するはずだ」

帰れる。

そう思った途端、身体に力が満ちるのを感じた。今まではだるくて、上半身を起こすのも重労働だったのに、座っていた干草のベッドからのろのろと立ち上がる。

不安定な足取りだったのか、カルロスに二の腕を掴んで支えられても、振り払おうと考えることもできなかった。

「信じられないって顔をしているな。表に出てみるか」

小さく笑ったカルロスに手を引かれるまま建物から出ると、住人のほとんどが通りに立っていた。

トラックなど見たこともない人が大半なのだろう。同じ方向を向いて、目を凝らしているのがわかる。

まだ車そのものは見えないけれど、確かにエンジンの音が聞こえてくる。

……帰れる。

急に実感が押し寄せてきて、膝が震えた。地面にへたり込みそうになった陸を、抱きかかえるようにしてカルロスが腕を回してくる。

「終わったな…」

そうつぶやいたカルロスを、そっと見上げた。

もうなにも言うつもりはないのか、唇は固く引き結ばれていた。乾いた風が黒い前髪を揺らして目元を隠す。

チラリとも陸に目を向けないので、どんな表情をしているのかわからない。

ただ、陸の身体に回されていた腕がするりと離れていった途端……いきなり、カルロスとの間に分厚い壁ができたように感じた。

なにも話しかけることができなくて、陸を振り返ることのない広い背中を見つめ続けた。

《九》

……退屈でどうにかなりそうだ。

手の届く場所に新聞があっても、陸にはアラビア語など暗号にも等しい。

窓から外に目を向けると、一日前までとはまるで違う光景が広がっていた。

あちこちに植えられた木々が緑色の葉を茂らせている。ナイル川にはコンクリートの橋がかかり、対岸に高層ビルがそびえているのが見えた。

すぐ傍には、カイロのシンボルでもあるカイロ・タワーが煙突のように空へと伸びている。

ヤシの木もなければ、砂漠や巨岩もない。近代国家の一部を四角い窓の形に切り取り、ベッタリと貼りつけたみたいな違和感がある。

「吉見」

軽いノックとほぼ同時にスライド式のドアが開き、長身の男が入ってきた。

返事をする間もない…このタイミングでドアを開ける人間には、一人しか心当たりがない。

「おまえの荷物から、着替えを持ってきた。どうだ。ゆっくりできたか？」

ビニールの袋をベッドの脇に置いた斉木は、大柄な身体には窮屈そうな小さなイスを引き寄せて座る。

着替えはありがたかった。今は病院に借りた服を着ているが、やはりワンピースのようなガラベイヤは落ち着かない。

「ありがとうございます。……ゆっくりしすぎなくらいです。そんなに寝られませんよ。身体はなんともないんだし…」

答えた陸が苦笑すると、そうだろうな…と笑みが返ってくる。

保護された時にふらついていたのは、前夜の激しいセックスのせいだ……とも言えず、大人しく横になっていたが、もう限界だ。寝すぎて頭が痛くなってきた。

「思ったよりずっと元気そうでよかったよ」

「……ご心配をおかけしました」

しんみりとつぶやかれた言葉に、神妙な面持ちで頭を下げる。

昨日の朝、捜索隊に保護された陸とカルロスは、ルクソールを経てカイロ市内の総合病院へ移された。

大事をとっての検査入院だったが、この調子だとすぐに放免されるだろう。

カイロへの移動途中に聞かされた説明によると、陸とカルロスがシャフトに落ちた後、すぐに捜索が開始されたらしい。

まずは、転落した穴から…と数人がシャフトの内部に入ったそうだが、地下水路に流れる水に行く手を阻《はば》まれた。

あの岩窟の下では、成人男性の足がつかないほどの水深があったという。だからこそ、相当な高さから落ちた陸たちにケガがなかったのだろう。

小型ボートを持ち込んでなんとか地下水路を辿ろうとしても、途中で水路がいくつもに枝分かれしており、途中で断念したそうだ。

それなら地上で捜そうということで、しらみつぶしに地下水が湧き出るオアシス周辺の村や集落を当たっていたらしい。

陸たちがいた集落は、地図にも載っていない小さなものだから発見が遅くなったと説明された。あきらめムードが漂いかけていたところだったらしく、ルクソールで陸とカルロスを迎えてくれたホセは歓声を上げて痛いほどの力で抱きついてきた。顔中にキスをされたが、なんとか唇だけは死守した。

不慮の事故とはいえ、うっかりシャフトの上へ転がったのは陸なので、東海教授には身を縮ませて謝罪を繰り返すしかできなかった。

なにより、国際電話で連絡をとった母に泣かれたのは参った。

エジプトへ来るという母に、ケガもしていないし元気だ。すぐに帰国するから……と言って宥《なだ》め、やっと受話器を置くことができた。

せっかくの発掘を中断させてしまったのも、申し訳ない。責任者の東海教授と隊長の平井、陸と仲のいい斉木を残して、他のメンバーは帰国してしまった。

重大な事故を起こしたということで、調査の再開は早くとも半年後以降になってしまうらしい。

「検査で異常が見つからなかったら、明後日に帰国らしいぞ」

「……そうですか」

身体に悪いところがあるとは思えないので、その日に帰国することになるだろう。帰れば、今度は大学側の事情聴取が待っているに違いない。

昨日から同じことを何度も話している。また最初から説明するのかと思えば憂鬱だが、それだけの迷惑をかけたのだから仕方がないか。

「カルロスも、同じくらいに一度フランスへ戻るそうだ」

斉木の口から出たカルロスの名前に、陸はグッとベッドカバーを握り締めた。

未だに正確な場所も知らないオアシスの集落から出て以来、一言もカルロスと口をきいていない。目を合わせることさえないのだ。

同じ病院にいるということは知っていても、部屋の場所はわからない。

ルクソールからずっとついてきてくれた斉木には、不自然な態度だと思われているだろう。

「なにがあったのか知らないが、……いや、お節介はやめておくか」

言いかけた言葉を途中で切った斉木は、大きなため息をつく。チラッと陸に目を向けると、水を買ってくると言って腰を上げた。

陸は自分がどんな顔をしているのかわからないけれど、うまく取り繕うことができているとは思えない。

きっと、かなり情けない表情になっているのだろう。

「……あ」

ドアを開けた斉木が、小さくつぶやいて足を止めた。なにかと思えば、廊下からホセが顔を覗かせている。

「お邪魔していい？」

拒否する理由もなくうなずくと、廊下に出て行く斉木と入れ違いに室内へ入ってきた。

斉木が座っていたのと同じイスに、長い足を折り曲げるようにして腰を下ろす。

「カルロスもリクも、二人とも無事でよかったよ。でも……元気そうではないね」

子供に対するような仕草で、頬を指で突つかれる。無言でその指を叩き落すと、ホセはクックッと肩を揺らした。

カルロスはこの手の冗談やイタズラを一切しない人間だったので、妙なノリについていけない。

「おれは元気だよ」

「そう……？」

ホセは、笑みを浮かべたままわずかに首を傾げた。それ以上なにも言わずに、じっと陸を見ている。

「カルロスは、同じ階の向こうの端の部屋だ。リクたちより一足早く、明日の昼過ぎにフランスへ戻る」

だから、逢いに行けと続けるかと思ったけれど、ホセはそこで言葉を切った。

カルロスから、なにか聞いたのだろうか。それとも、陸が深読みしただけでなにも聞いていないのか……。

それがわからないので、迂闊《うかつ》なことを口にできない。

「……また機会があれば、一緒に発掘調査をしたいね。高度な文明を誇ったとされる、未知なる超古代遺跡を求める旅…とか」

ビクッと肩を揺らした陸は、ホセが知っていると確信した。未知の古代遺跡を父が探し求めていた……という話は、地下水路を歩いている時に陸が語ったことだが、今回の発掘調査隊でそれを知っているのはカルロスだけなのだ。

この場で意味深に口にする理由はわからないけれど、かなり核心に近い部分までカルロスから聞き出したのだろう。

なにも答えない陸にこれ以上話しかけても無駄だと思ったのか、ホセは腰かけていたイスからゆっくり立ち上がった。

「邪魔したね」

ベッドカバーを握り締めている陸の手の甲をポンと叩き、ドアに向かう。

その背中を陸の視線が追いかけていると、感じたのかどうかはわからないが、ドアのバーを握った状態でピタリと動きを止めた。

「カルロスは…派手な外見と正反対の性格をしている。堅物で融通が利かない。不器用で口下手。その上、臆病で自分に自信がないから、肝心なところで引いてしまう。……なんて、リクには関係ない話だったね」

ホセは独り言のようにドアに向かって言うと、そのまま振り返ることなく廊下へ出て行った。

一人になった陸は、やっと身体から緊張を解いて大きく息を吐いた。

結局、ホセはなにが言いたかったのだろう。まるで、陸を煽《あお》っているみたいだった。

……まさか。

頭によぎったことを、即座に否定する。

カルロスからどこまで聞いたのかはわからなかったけれど、陸をけしかける意味などないはずだ。

陸がカルロスに尊敬や憧れを超えた……恋愛感情を持っているということを、気づかれる要素などなかったはずだし……。

「水、買ってきたぞ」

「あ……ありがとうございます」

斉木が戻ってきたことで、思考を中断する。ペットボトルのミネラルウォーターを差し出されて、両手で受け取った。

絶妙なタイミングだ。もしかして、ホセが出てくるのを待っていたのかもしれない。

なにをしゃべるでもないけれど、斉木は小さなイスに座ってポツポツと陸と話してくれた。久しぶりに日本語が耳に入ってくるというだけで安心する。

「……電気、つけるか」

ふと窓に目を向けた斉木が、低くつぶやいた。いつの間にか太陽が西に傾き、空がオレンジ色に染まっている。

目前にあるカイロ・タワーにも光が灯《とも》り始めていた。

「おまえは大変な目に遭ったかもしれないが、発掘は嫌いになったわけじゃないだろ？　楽しかったと思えるか？」

さり気なく斉木の口から出た問いに、陸は迷うことなくうなずいた。

「はい…。すごく、楽しかった」

本来の目的である発掘作業はほとんどできなかったけれど、楽しかったというのは嘘ではない。石の壁の向こうになにがあるのか…とか、何千年も前に誰がどんな思いで岩を掘り進めたのか……とか。ワクワクしながら作業を進めていた。

積み上げられた岩の隙間にある砂を、小さな刷毛で取り除くという地道なことまで、心の底から楽しかった。

「それならいい。また、こような」

「はい。あの岩窟が結局なんだったのか……気になりますから」

学科生である陸が、今回のようなエジプトでの発掘に参加できるチャンスは多くはないだろう。でも、また……いつか、あの岩窟の発掘調査に立ち会うことができたら、落ちたシャフトの構造を調べてやろう。

そう前向きに思えるのが、嬉しかった。

笑顔を見せた陸に、斉木はホッとしたように唇をほころばせた。


斉木が滞在しているホテルに帰り、夕食を済ませると、やることがなくなってしまった。

幸か不幸か、考える時間だけはたっぷりある。硬いベッドに寝転がった陸は、白い天井を見上げて目を閉じた。

あの……石とヤシの木を組んで造られた建物が、瞼の裏に浮かぶ。干草のベッドの匂いまで簡単に思い出せた。

首長たちに、世話になった礼をほとんど言えなかった。母親の後ろに隠れて少し離れたところから見送ってくれた、淋しそうな子供の顔が忘れられない。

「……手くらい、振ってあげたらよかった」

もう、二度とあの集落に行くことはないだろう……と思ったら、寂寥感がズシッと肩にのしかかってきた。

それに、発掘は楽しかったか…と問いかけてきた斉木の言葉で、思い出したことがあった。本の記事や誰かから聞いた話でしか知らなかった人と、初めて逢った瞬間の感動。やっと、短く言葉を交わしてもらえるようになった時の喜び。

放っておけばいいのに、陸と一緒に深いシャフトへ落ちるような人で……寒くて暗い地下水路を、手をつないで歩いてくれた。

彼がいたから、不安に押し潰されずにすんだのだ。

なによりも、実在するかどうかもわからない遺跡を探し求めた荒唐無稽な父の行動を、笑ったりバカにしたりせずに聞いてくれた初めての人だった。

親友以外に語ったことのないという話を聞かせてくれた彼に感じた、愛しさまで……次々と胸の奥から溢れてくる。

なにもできないという自己嫌悪のあまり、バカみたいに意地を張っていたことを後悔する。

「……明日の、昼過ぎには、フランスへ帰る…?」

ホセから聞いたことをつぶやくと、白いベッドカバーを握り締めてギュッと唇を噛んだ。

このまま、カルロスと別れていいのだろうか。日本に帰ればたくさんいる学生の中の一人という陸とは違い、考古学界のトップクラスにいるような人なのだ。接点などなく……この先もう二度と逢えないかもしれない。

手の届かないところへ行ってしまう……。

息ができないのではないかと思うほど苦しくて、無理やり深呼吸をした。

「……嫌だ。カルロスが…好きだ」

頭で考えるより先に、唇から小さな声が零れ落ちる。陸は、寝転がっていたベッドから勢いよく起き上がった。

やっぱり、好きなのだ。

庇護されるばかりなのが嫌だ、意味もなく腕に抱かれるのが嫌だ……そんな思いの源は、すべて『カルロスが好き』という一つのところから湧いてきている。

「まだ…終わっていない」

今なら、話すことのできる距離にいるはず。

カルロスに逢いに行こう、と決意して握り締めていたベッドカバーから手を離した。

ベッドから足を下ろしかけた陸は、クリーム色のガラベイヤの裾から伸びる自分の素足に気づいて、動きを止めた。まずは着替えだ。

斉木が持ってきてくれたビニール袋から、Ｔシャツとゆったりしたコットンパンツを取り出して身につける。

素足のままサンダルに足を入れると、今度こそベッドから立ち上がった。

消灯時間の過ぎた廊下は、薄暗くて静まり返っている。夜の病院がなんとなく気味が悪いというのは、万国共通らしい。

足音が響かないよう、抜き足差し足で廊下を歩いてホセに教えられた端の部屋の前に立つ。

どうするか……迷って、軽く拳を打ちつけてみた。

コン…という音が静かな廊下に予想以上に響き、ぎゅっと心臓がすくみ上がる。少し待っても返事はなく、そっとドアをスライドさせた。

眠ってしまったかもしれないと思ったけれど、室内から細く光が伸びてくる。

「……誰だ」

低く呼びかけられて、思い切ってドアを開いた。

ベッドに起き上がって、なにか書類を見ていたカルロスがこちらに向き……陸の姿に驚いた表情を浮かべる。シンプルな白いシャツを着ているのは、ホセに差し入れてもらったのだろうか。

着たきりスズメで、ずっと同じ服のカルロスを見ていたから、なんだか新鮮だ。

「入るよ」

スッと息を吸い込んだ陸は、入っていいかと問いかけるのではなく、入るよと宣言して足を踏み出した。

本当は……今にも膝が震えてしまいそうなほど、緊張している。

「……なんだ?」

驚きから立ち直ったらしいカルロスは、再び書類に目を戻した。素っ気ない態度は、初めて逢った頃を陸に思い出させる。

それでも、出て行けと言われないことに勇気を得て身体の脇で拳を握った。

「あ…、カルロス、あのオアシスの近くに未盗掘の遺跡があるって、誰にも言わなかったんだ…?」

なにから話せばいいのかわからなくて、当たり障りのないことを口にする。

カルロスは顔を上げないまま、ふん…と鼻を鳴らして書類をめくった。

「聖域に土足で踏み入るような真似をする趣味はない」

それは、すごくカルロスらしい言い分だと思った。

「で?」

用事がそれだけなら、早く立ち去れ……と言わんばかりの態度だ。全身で拒絶している。

今すぐ逃げ出したくなるのを我慢して、陸はカルロスのいるベッドに近づいた。カルロスは陸の気配を追っているくせに、頑なに顔を上げようとしない。

オアシスの集落で過ごした最後の夜を思い出して、気まずいのはお互い様だ。でも、怒るのなら腕を拘束されて強引に抱かれた陸のほうではないだろうか。

「どうしても…言いたいことがあって」

言葉を切って深呼吸をした陸は、腕を伸ばしてカルロスの襟首を摑んだ。さすがに驚いた顔でベッドサイドに立つ陸を見上げる。

陸は背中を屈めると、カルロスの唇に自分の唇を重ね合わせた。触れるというより、ぶつけるような色気のないキスだ。

「……カルロスが好きだ。驚いたか」

自分でも、なにを威張った言い方をしているのだと呆れる。

なにが起こったのかわからない……という顔をしているカルロスを見下ろすと、急に自分の行動が恥ずかしくなってきた。

もっと、落ち着いてしっとりと告白するつもりだったのに……。

「それだけっ。お邪魔しました！」

カルロスのいるベッドに背中を向けた瞬間、バサッと書類が床に散らばる音がした。

「待てっ、リク！」

呼びかける声と同時に痛いほどの力で背後から腕を摑まれて、足を止める。強引に身体を引き寄せられたかと思えば、グルリと視界が回った。

「な……に」

まばたきをすると、白い天井をバックにカルロスの端整な顔が見える。

陸をベッドに押さえつけ、上から覗き込んでいる。視線を合わせるのは、ずいぶんと久しぶりのような気がした。

「今のは……本当か？」

半信半疑という口調で尋ねられて、ムカッと頭に血が上る。

「冗談で言えるかよっ。何回言ったら信じてくれる？　信じてくれるまで言おうか。好きだ好きだ好きだ……っ」

睨《にら》むようにカルロスと視線を絡ませたまま、好きだと繰り返した。

ギュッと眉を寄せたカルロスが、自分の唇で陸の唇を覆って言葉を止める。

「……違う。信じていないのはリクではなくて……俺が、自分に都合のいいように聞き間違えたのかと」

それだけ口にすると、今度はしっかりと唇を重ね合わせてきた。熱い舌がそうっと潜り込んできて、陸の舌に絡みつく。

歯茎の裏側に舌先が触れ、ビクッと硬直していた手が震えた。

「ン、ン……」

腕を上げた陸は、カルロスの背中に手を回してぎゅっと抱きついた。広い背中、シャツ越しに感じる体温に、幻ではないと実感する。

息が上がる頃になって、やっと唇が解放された。

「ぁ…」

濡れた唇をカルロスの指が拭っていく。夢中になっていたと思い知らされるようで、カーッと顔が熱くなった。

「……どうして今更赤くなる」

「だって…なんか……」

陸を見下ろすカルロスの表情が優しいから……とは言えず、顔を横に向けた。なんだか気恥ずかしくて、目を合わせていることができない。

キスなんかして、どういうつもりだろう。都合のいいように聞き間違えた…って？　好きだと、勢いで言い残して立ち去るつもりだったのに…こういうふうに引き止められるとは想像もしていなかった。

陸は予想外の展開にどうしたらいいのかわからなくなってしまい、カルロスに押さえつけられた状態で硬直してしまう。

「俺は…おまえに嫌われたと思っていた」

ぽつんとつぶやいたカルロスを、慌てて見上げる。陸と目が合うと、今度はカルロスが気まずい表情で視線を逸らした。

「最初に逢った時から、リクは魅力的だった。小さな身体で一生懸命に作業をして…発掘が好きだという一途な思いが全身から滲み出ていた。俺みたいな、話術も巧みでない面白みのない人間の話を聞きたいと言ってくれて……たいていの人間は、無愛想で人間嫌いだというメディアに作られた俺を遠巻きにするんだ。でも、リクは違った」

カルロスの言葉に、陸は大きく目を見開いた。

確かに、陸も最初はカルロスが『人間嫌いで孤独を好む』のだと思っていた。けれど、狭い石室で一緒に作業をしているうちに、恐ろしくマイペースなだけではないかと気がついたのだ。

無愛想というのは、感情を表すのが得意ではなく無駄に愛想笑いをしないということで、全く笑わないわけではない。集中すると周りの音をシャットアウトしてしまうので、話しかけても無視されたと思われることになるのだろう。

近寄りがたいのは事実だが、あまりにも端整な容姿に気後れしてしまうだけだと思う……。

そう説明した陸に、カルロスは苦笑を浮かべた。

「リクは優しいな。……俺みたいな考古学バカを好きになってくれるわけがないと、思った。それならせめて、身体だけでも…自分のものにしようと。他に頼れる人間がいなければ、頼ってくれるだろうと卑怯なことを考えた」

カルロスがそんなことを考えていたとは、思いもしなかった。

唖然としている陸と目を合わせることなく、カルロスは途切れ途切れに言葉を続ける。

「でもリクは、俺に頼るどころか、だんだん笑顔が少なくなっていって。それなのに、俺以外の…子供には笑いかけたりするから、ひどいことをした」

「……堅物で融通が利かない。不器用で口下手な上に、臆病で自分に自信がない……」

ホセの言葉をそのままつぶやくと、カルロスは唸るような声を出して陸の肩口に額を押しつけてきた。

クセのある黒い髪が、頬やうなじに触れる。

「容赦がないな」

「ホセが言ったんだ。全部は信じられなかったけど、本当にそうかも」

自然と唇に笑みが浮かんだ。カルロスの頭を抱いて、小さく息をつく。

陸から見ても不器用で……どうしようもなく愛しい。

「おれ……キスも、初めてだったんだからな」

思い切って口にすると、ビクッとカルロスの身体が揺れた。陸になにを言われるのかと、緊張しているのが伝わってくる。

「でも、好きな人が相手だったから、嫌じゃなかったけどね。感情が伴わないのが、ちょっと……淋しかっただけで」

本音を含んだ言葉を口にすると、カルロスが顔を上げた。苦しそうな表情で、触れるだけのキスを繰り返す。

「……好きだ、リク。地下水路を歩きながら話した時に、そう確信した。責任はとる」

恋を自覚したのは、ほぼ同時だったらしい。なのに、とんでもなく遠回りをしてしまった。

恋愛に関しては、陸もカルロスと同じくらい不器用だ。

しかし…なによりも引っかかったのは、「責任をとる」という一言だった。

「責任って……嫁にでもするつもり？」

昔のドラマに、そういうセリフがあったなぁ……と思い出し、クスクスと笑いながらカルロスを見上げる。

カルロスは真顔でうなずいた。

「リクがいいなら」

笑っていた陸の頬が、ピクッと引き攣る。

……冗談だろうか。

いや、これがホセなら笑うところだが、相手はカルロスなのだ。悪趣味な冗談で他人をからかうタイプではない。

悩んでいると、やわらかく唇が重ねられた。

「ぁ…」

優しいキスの心地よさに、そっと目を伏せる。

カルロスの背中に手を回し、ぎゅっと抱きついた。この広い背中を、遠慮なく抱き締めることができるのが嬉しい。

「ん……っ、カルロス…、ちょっと、ぁ……」

ゴソゴソしていたかと思えば、カルロスの手がTシャツの裾から入ってきた。

熱い手に素肌を撫でられて、ビクッと小さく身体が跳ねる。

「なに、して…っ」

まさか、ここでなにかするつもりか？　と焦ってカルロスの背中を叩いた。

内側から鍵をかけることのできない病室なのだ。誰か…病院のスタッフが様子を見にくるかもしれない。

「ちょっと、触らせてくれ。……もう、二度と触れることができないかと思っていた」

触るだけだと言いながら、カルロスの手が心臓の上あたりで動きを止める。まるで、ここに陸がいると……規則正しい鼓動で確かめているようだ。

それ以上のことをするつもりはなさそうな気配に、陸は身体から力を抜いた。

カルロスの手が触れているところから、じわじわと熱が広がっているみたいだ。

……気持ちいい。

「っ、ぅわ」

陸に体重をかけないように密着するのが難しくなったのか、体勢を変えたカルロスはベッドに仰向けになるとその上に陸を抱き込んだ。

「重く…ない？」

ラッコが向かい合わせで子供を抱いているみたいな格好だ。

「重くはない」

陸のTシャツに手を入れて、素肌に触れながら低い声がつぶやく。ぴったりと合わさった胸から、声の振動や心臓の鼓動が伝わってくる。

カルロスにできるだけ体重をかけないよう、身体に力を入れていた陸だが、徐々に緊張を解いてもたれかかった。

Tシャツの中に潜り込んできた手が、そっと背中を撫でている。そこから熱が広がっていくみたいだ。

「リク…?」

妙な気分になってきて、身体を離そうとしたけれど、カルロスの手は離れていかない。逆に強く抱き寄せられてしまう。

「あ…」

下肢が密着してしまい、陸は首から上に血が集まるのを感じた。カルロスの鎖骨あたりに額を押しつけて顔を隠す。

カルロスは……気づいただろう。呆れているかもしれない。

怖くて、顔を上げることができない。

「耳が赤い」

「ぁ!」

指先で耳朶に触れられ、ビクッと身体を震わせた。ほんのわずかな刺激なのに、甘い痺れが身体中に広がっていく。

「ゃ……カルロス、触っ…な」

重なった身体のあいだにカルロスの手が割り込み、脚のあいだに押しつけられる。ますます身体を強張らせて首を振った。

身体も、吐息も…全部、熱っぽい。

「でも……リク、感じている」

服の上から押し当てた指にじわりと力を込めながら、カルロスが低くつぶやく。

否定したいのか肯定したいのか……自分でもわからなくなった陸は、ただひたすら首を横に振った。

「汚したら、マズイだろ」

「や……ッ」

制止する間もなく、下着とコットンパンツをずらされる。カルロスの手に直接触れられてしまうと、金縛りにあったみたいに動けなくなってしまった。

長い指が絡みつき、濡れた音が聞こえてくる。誰か…病院のスタッフが入ってきたらと考えるだけで、身体が熱を上げた。

「カ、カルロスも…、おれ、するから……っ」

陸が一人だけ乱れて、それを見られているのもたまらない。

そろっとカルロスの下肢に指を這わせると、硬いものが触れた。陸だけが盛り上がっていたのではないと知って、安堵する。

「ッ、リク…」

ウエストから手を潜り込ませて、与えられたのと同じだけの快楽を返そうと指を滑らせる。

いつもは落ち着いた話し方をするカルロスに、上擦ってかすれた声で名前を呼ばれるだけで、直接的な刺激よりも心地よかった。

「リク、キス……」

「ン…」

カルロスの言葉に顔を上げて、遠慮がちに陸から唇を合わせる。

渇いた唇をそっと舐めて濡らすと、カルロスの舌が絡みついてきて……夢中で口腔に舌を潜り込ませた。

カルロスにされたことを思い出しながら、口腔の粘膜を舌先でくすぐる。きっと不器用なキスだと思うけれど、カルロスは陸の好きにさせてくれた。

「…ん、んっ」

絡みつかせた舌が、どちらのものか…境界がわからなくなる。

同じくらい、熱い……。

お返しのように、舌に吸いつきながら屹立の先端を弄られた瞬間、ゾクッと背筋をなにかが駆け上った。

「んんっ…ぁ！　ぁ……」

身体を震わせていると、手の中でカルロスの屹立がビクビクと震えて、とろりと濡れた感触が広がった。

拙《つたな》い愛撫でも感じてくれたのかと思えば、胸の奥が熱いものでいっぱいになる。

口づけを解いて目を合わせる。カルロスは、照れたような気まずそうな……なんとも形容し難い表情をしていた。


先ほどまでの狂おしい熱は去り、ただ寄り添ってベッドに身体を横たえる。こんなに穏やかな気分で、カルロスの体温を感じていられるのが不思議だ。

でも、明日の昼にはカルロスはフランスへ戻り……明後日になれば、陸も日本へ帰らなければならない。

離れたくない、と思うのはわがままだとわかっているけれど、やっと手にした穏やかな時間を手放すのは淋しい。

「リク……」

「うん？」

淋しい、と思った陸の心が伝わったようなタイミングで、カルロスが名前を呼んだ。

顔をカルロスの肩につけたまま、小さな声で返事をする。

「リクは…あと何年大学に通う？」

「二年、だけど」

「卒業したら、フランスへ来い」

「……嫁に？」

さっきの会話の流れから、本気で陸を嫁にでもするつもりかと思った。

訝《いぶか》しい思いが声に滲み出ていたのだろう。カルロスは、一瞬押し黙り……バカ、と片手で陸の髪をかき乱す。

小さく身体が揺れているのは、笑っている……？

「それでもいいが、俺のいる調査チームに加われと勧誘しているんだ」

続いてカルロスの口から出た言葉には、嫁に来いと言われるより驚いた。

反射的に、

「無理っ！」

と言い返してしまう。

国外の調査隊に加わるには、それなりの実績や経験が必要だ。その国の大学へ留学してツテがあって…というなら別だが、飛び入り状態で入っていくのは至難《しなん》の業だろう。

なのに、カルロスは「無理」と言った陸の言葉をあっさり否定する。

「そうでもない。もともと、あちこちから集まっているのだし…かなり自由にやっている。上にいるのが俺とホセだから、想像はつくだろう」

確かに、今回エジプトへ来ていた調査隊も少し変わった人ばかりで楽しかった。入れるものなら、陸も参加してみたいと思う。

それには、卒業までにしっかり知識をつけておくと同時に、発掘の経験を積んでおかなければならない。

英語だけでなく、最低でもフランス語の勉強も必要だろう。余力があれば、カルロスのようにアラビア語やスペイン語も……。

しなければならないことを考えるだけで気が遠くなりそうだが、たまらなく魅力的だ。

「待ってる。二年間、全く逢えないわけじゃない。今までは避けていたが、日本での研究会や講演の機会があれば受けることにする。……幻の大陸のことも、研究しておく。いつか……一緒に探しに行こう」

「……うん…」

離れるのは淋しい。でも、永遠に逢えなくなるわけではない。陸に逢うために、苦手な講演を受けようとしてくれるのも嬉しい。

海に沈んだ幻の大陸を探すという、大きな夢……。陸が背負った夢を、一緒に抱えてくれるという。

どんな言葉で、この喜びを伝えればいいのかわからない。もどかしくて、カルロスの肩口に額をギュッと押しつけた。

そんな陸の前髪を、カルロスが一房摘《つま》んで顔を上げるよう促す。

「リク」

「ぁ」

唇がふさがれて、夢中になって口づけに応えた。

そうして、ぽつぽつと会話をしながらそのあいだにキスを繰り返しているうちに、窓の外が白み始める。

二人でいられる時間はあと少し…と思えば、もったいなくて。眠ることができなかった。

「……朝になっちゃったよ」

四角い窓の外に、目を向けてつぶやいた。雲ひとつない淡い藍色の空が広がり、少しずつ明るいスカイブルーへと色を変える。

「そろそろ…おれ、部屋に戻ったほうがいいかな」

「ああ……」

ベッドの上に男が二人くっついている……そんな光景を病院のスタッフに見られてしまったら、大騒動になりそうだ。

わかっているのに、なかなか離れられない。

目を閉じると……あのオアシスの集落で何度も迎えた朝の風景を、鮮明に思い起こすことができる。干草のベッドの匂いまで思い出しそうだ。

ガスや電気などの便利なものはなかったけれど、地平線まで続く黄金色《こがねいろ》の砂に囲まれた、楽園《シャングリラ》の様な場所だった。

「いつかまた、あのオアシスの集落へ行くか。薬草の配合を教えてきたし、今度は歓迎されないかもしれないが」

カルロスも、同じものを頭に思い浮かべていたのだろう。苦笑交じりの声だ。

確かに、今度行くことがあっても…歓迎されることはないはずだ。祭りの儀式に必要な無垢な少年でもなければ、集落に一人だけの貴重な薬師でもない。

それでも陸はその言葉に笑いながら大きくうなずいて、そっと唇を触れ合わせた。

あの集落には二週間もいなかった。なのに、砂漠を渡る乾いた風を懐かしいと思えるのが、不思議だった。

博物館でプチデート

「ギザじゃなくて本当によかったのか？」

人込みに少しだけ怯《ひる》んだ顔をしたカルロスは、日本語の博物館ガイドを手にした陸《りく》を見下ろして、わずかに唇の端を吊り上げた。

「うん。だって、カルロスに解説してもらいながら回れるなんて、最高の贅沢だし。……この先、二度とここに来ることができないってわけじゃないから。ギザのピラミッドやサッカラは、今度でいい」

「……そうだな」

これきりじゃない、という願いを込めた陸の言葉に、カルロスも小さくうなずいた。

もともと、かなり無理をして時間を作ってもらったのだ。四時間後には、カルロスは空港へ向かわなくてはならない。

二人に残された四時間を、どこでどう過ごすか……選択権を与えられた陸が希望したのは、『カルロスとエジプト考古学博物館に行きたい』というものだった。

陸とカルロスが入院していた病院から徒歩で行けるということもあり、ここを選んだのだが……開館してすぐの午前九時すぎがこれほど混んでいるとは、予想外だった。

様々な国からの観光客でいっぱいだ。建物に入るためのセキュリティチェックを受けるのに、行列ができている。

「カルロスは、ここへは何度も来ているんだよな？」

「ああ……。でも、こうやって並んで入るのは始めてだ。なかなか新鮮だな」

その返答に、陸は「当然か」と気がついた。

半月近くベッタリと一緒にいて、あまりにも近い存在になっているからうっかり失念しそうになってしまったが……カルロスは、世界的に高名な考古学者なのだ。陸も、憧れていた一人だ。手の届かない場所にいるハリウッド俳優に対する憧れと似ていたはずなのに、いつの間にかその贅沢にも馴染んでしまった。

カルロスなら、こうして人込みの中で並んで入らなくても、休館日や閉館した夜間などに招かれるだろう。

「ごめん。おれだけ楽しいかも…」

「なにを謝る？　ここへは何度も来ているが、恋人と一緒に入るのは初めてなんだ。楽しいに決まっているだろう」

そう言いながら身体の脇でそっと手を握られて、ギョッとした陸はカルロスの端整な顔を見上げた。全く表情を変えることなく、平然とした顔をしている。

「それに…大勢人がいたら、どさくさに紛れてこんなこともできる」

普段の口数は多くないくせに、やっぱりラテン系男だ…と感じるのはこういうところだ。日本人の陸には真似ができない。

頬が熱いのは、手を包むカルロスの体温のせいか、さり気なく口にされた『恋人』という言葉のせいか……。

「……なんか、その言い方ってホセみたいだ」

ただ手をつないでいるだけなのに、意識しすぎている自分が恥ずかしくて、陸は視線を足元に落としてつぶやいた。

「それは勘弁してくれ。あいつには負ける」

典型的なラテン系のホセと同一にされるのは、さすがに納得できないらしい。きっとホセなら、恋人に「愛しているよハニー」という甘ったるい言葉を、挨拶代わりに朝も昼も晩も欠かさず囁いて、デートには赤いバラの花束を抱えて派手なオープンカーで迎えに来るに違いない。

……いくらホセでも、そこまではしないか…？

すぐに頭に浮かんだ想像図を打ち消したけれど、あまりにもピッタリとはまるのでおかしくてたまらなくなった。

「…リク？　どうした？」

不思議そうな顔のカルロスに問われて、笑いを噛み殺しながら想像を打ち明けた陸は、微妙な表情で、

「九割当たっている」

というカルロスの返答に、大きく目を見開いた。

しかも、

「ただ、一つ違う。あいつはバラではなく、わざと質素なカスミソウを選ぶ。で、彼女に差し出してうっとりつぶやくんだ。ああ…やはり大輪のバラにはカスミソウが似合う…ってな」

表情を変えることなく芝居がかった調子で口にして、唖然《あぜん》とする陸に小さく笑いかける。

ものすごい口説き文句だ。女性をバラに譬《たと》えて、わざと引き立て役を選んだと告げるのか。

ホセやカルロスのような美形がやれば、様《さま》になるだろう。陸には真似できないし、しようとも思わないが…。

笑い話のつもりだったのに、あんぐりと口を開くことになってしまった。陸の想像を、はるかに凌駕している。

「リク？　行こう」

並んでいた列が動き始めてもぼんやりとしている陸の手を引いて、カルロスはセキュリティチェックのゲートへと歩を進めた。


館内に入っても、人でいっぱいだ。部屋も多くて、初めて来た陸にはどこから回ればいいのかもわからない。

「カルロスのおすすめは？」

あまり時間もないのですべて見て回るのはあきらめて、エキスパートであるカルロスにつれて行ってもらうことにした。

「観光客に人気なのは、やはりツタンカーメンの展示室だな。でも、これだけ混んでいたらじっくり見ることはできないだろう。……そうだな、まずはラムセス二世に逢いに行くか？」

「うん。偉大な建築王に逢ってみたい」

最も偉大なファラオであり、様々な巨大建造物を造ったため建築王とも呼ばれたラムセス二世のミイラは、二階のミイラ室に展示されているらしい。陸も写真で見たことはある。

順路を無視した陸とカルロスは、人々のあいだを縫うようにして二階への階段を上がった。目的の部屋で別途必要な入場料を支払うと、明かりを絞ってある薄暗いミイラ室へ足を踏み入れた。デリケートなミイラの保存のため、湿度や温度が厳重に管理されているらしく、少しひんやりとした空気が流れている。

部屋の中央に安置されているガラスケースに、ラムセス二世のミイラが横たえられていた。

「……すごい」

どこか厳かな雰囲気に気圧《けお》されて、陸の声も小さなものになる。

顔立ちはもちろん、頭髪の一部まで残っている。これが約三二〇〇年前の技術だなんて、この目で見ても信じ難い。日本でいうなら、弥生文明の誕生より八百年ほど前だ。

「古代エジプトのミイラ作りの技術は、世界一だ。現代のような化学薬品もなかったはずなのに、保存状態が素晴らしい」

じっとミイラを見下ろした陸は、カルロスの言葉にうなずきで返事をした。目を離すことができない。

ここに安置されているラムセス二世のミイラは、約一七三センチ。乾燥して縮んでいるのだから、生前は一八〇センチに迫る長身だったと推測できる。

「ミイラがどうやって作られるか、知ってるか？」

「ちょっとだけなら……」

カルロスを見上げると、イタズラっぽい光を目に浮かべた……珍しい表情をしている。

「まずは遺体を綺麗に洗って、作業台に乗せる。作業にあたる神官たちは、アヌビス神の仮面をつけている。最初は、先端が鉤状になった長い棒を鼻から突っ込む。腐りやすい脳を一番に掻き出して、薬品で洗浄する。頭蓋骨や鼻を痛めないよう、高度な技術が必要だ」

予備知識があるだけにリアルに想像できてしまい、陸はコクンと唾を飲んだ。神聖な儀式だとはわかっているが、あまり気持ちのいいものではない。

なのに、カルロスは普段の口数の少なさからは信じられないほど、滑らかにしゃべっている。

「次に石刀で脇腹を切って内臓を取り出すんだが、脳は床にぶちまけるくせに内臓は臓器ごとにカノポス壺に収められる。心臓は、心が宿っていると信じられていたため遺体に残される。すべて内臓を取り出すと、酒で腹腔を洗い、香油を肌にすり込んで腹の中に樹脂を染み込ませた亜麻布を詰める」

……なんだか、カルロスがミイラの作り方を解説し始めた途端、ミイラ室にいた見学客が減ったような気がする。

興味深そうにカルロスの話に耳を傾けている老紳士もいるが、その人以外で残っているのは英語を理解していなさそうな人ばかりだ。

「あとは、砂漠から採取した天然の炭酸ソーダの粉末を遺体に振りかけて、何日も天日干しにする。最後にもう一度沐浴《もくよく》させて、軟膏《なんこう》や香草をすり込む。仕上げに、一四〇メートルほどの亜麻布でできた包帯を巻きつけ、アカシアから採ったゴムを塗りつけると完了だ」

「……それで数千年も保たれるって、すごいね…」

嬉々としてミイラを語るカルロスに、少しばかり引き攣《つ》った笑みを向けた。

人間嫌いだと噂されているカルロスだが、ミイラになっていたら嫌いではないらしい。これまで知らなかった、意外な部分を見たような気がした。

「ラムセス二世やこのミイラ室に安置されているファラオたちは、身分が高いから特上の方法で作られているが、ランクの低いミイラは腹に干草を詰められるから悲惨だぞ。乾いて縮んだ時に、干草の茎が腹の皮を突き破ってぴょんぴょん飛び出していたりする」

……シュールな光景だ。

古代エジプト人がミイラを作ったのは、やがて魂が肉体に戻ると信じていたからだそうだが、もし戻った時に自分の腹から干草が飛び出しているのに気づいたらどうしたのだろう。

内容はともかく、カルロスが楽しそうに語ってくれるのを聞くのは嬉しかった。

表情は変化しないけれど、声の雰囲気が違う。

「あちらに、猫のミイラやミイラが収められていた棺の展示室もある。見に行くか？」

「じゃあ…行く」

セティ一世やアメンホテプ一世など…ミイラ室に安置されているファラオたちをひと通り見て回り、薄暗い展示室を出た。

首の後ろがゾクゾクとしているのは、部屋の雰囲気のせいもあったのかもしれない。

「……ワニや猿のミイラも見事だぞ」

ゆったりとした大股で歩くカルロスと並んで歩きながら、陸は馬鹿げた不安が込み上げてくるのを感じた。

自分でもどうかと思う。でも、ミイラを見下ろすカルロスの目が、まるで恋人を見つめるような熱っぽさだったのが気になる。

「カルロス……」

立ち止まった陸が、広い背中に向かって名前をつぶやくと、カルロスはすぐに足を止めて振り向いてくれた。

「リク……？」

かすかに眉を寄せ、訝《いぶか》しい表情を浮かべたカルロスが数歩戻って陸の正面に立つ。

後ろから歩いてきた観光客の腕が、追い越しざまに陸の肩に当たった。通路で立ち止まってしまったから、邪魔になっているのだろう。

「こっちへ」

カルロスは陸の腕を引いて、人気のない階段脇の柱の陰に誘導した。

「どうした？……俺のせいか。ホセにも言われているんだ。おまえが楽しそうにミイラを語ると、普段が無口なだけに不気味だ…ってな」

黙っているせいで、誤解が生まれてしまったらしい。

たとえミイラの話でも、カルロスが語ってくれるのは嬉しかったので、陸は慌てて首を左右に振った。

「違う。それはいいんだ。おれは、カルロスが話してくれるならなんでも嬉しいし」

陸はそこで言葉を切り、迷った。

どこの世界に、ミイラにヤキモチを妬く人間がいるのか……と思えば、なんとなく情けない気分にもなる。

でも、カルロスの話が嫌だったわけではない。

思い切って顔を上げると、黒曜石のようなカルロスの瞳と目を合わせた。

「カルロス、ミイラは好き？」

「…生きている人間よりは、わかりやすい」

カルロスは陸の唐突な質問に不思議そうな顔をしたけれど、真面目に答えてくれる。

陸は、じゃあ……と、小さな声で続けた。

「……お、おれとミイラ、どっちが好きなのかな…とか思って」

頬が熱い。自分でも、なんて馬鹿なことを尋ねているのだと思う。

陸と目を合わせていたカルロスは、一瞬、拍子抜けしたような表情になって……じわじわと笑みを浮かべた。

「ミイラにキスをしようとは思わない」

そう言いながら背中を屈めると、触れるだけの優しいキスを陸の唇に落とす。

両腕で抱き寄せられて、おずおずと背中に手を回した。周りに人がいないわけではないが、どうせ知らない人ばかりだ。そんな開き直った気分になる。

「抱き返してもくれないし」

陸を抱き寄せる腕が、ギュッと強くなる。

考古学博物館で、ミイラより好きと言われたのは……その言葉を心底喜んだのも、陸だけだろうな……そう思うと、幸せなような情けないような複雑な気分になった。

この幸せな気分も、ミイラみたいに保存することができればいいのに……。

そんなことを考えながら、そっと目を閉じた。

あとがき

こんにちは、はじめまして。真崎《まさき》ひかると申します。

このノベルズが、二〇〇六年の一冊目となります。本年もよろしくお願い申し上げます。

今回はエジプトでした。微妙にイロモノ……でしょうか。私、アルルさんのレーベルコンセプトを、完全に無視しています…ね。

実は、南米マヤとかインダスを舞台に……とも思っていたのですが、あんまりマイナーな場所はNGということで、エジプトに落ち着きました。マニアックですみません。

昔から世界史が好きで、遺跡等はとても魅力的なのですが、中東などの情勢が不安定な地域にあることが多く、実際に訪れるのは難しそうです。エジプトなら観光ツアーもたくさん出ているので、行けるかな…と思いますが、基本的に出不精なもので計画さえ立てられません。でも、いつかは行ってみたい場所の一つです。

読んでくださった方に、陸たちと一緒にエジプトにいるような気分になっていただけたら、すごく嬉しいです。

イラストを描いてくださったタカツキノボル先生。とっても格好よくて綺麗なイラストを、ありがとうございました！　遺跡やオアシス等の面倒なものをお願いしてしまい、申し訳ございませんでした。陸もカルロスも、すごく生き生きとしていて…ドキドキしました。本当にありがとうございます。

担当F様、今回も大変お世話になりました。タイトルでギリギリまでご迷惑をおかけしてしまい、すみません。いつかは、タイトルについて謝ることのないあとがきを書きたいものです……。

そして、ここまで読んでくださった方に、感謝申し上げます。ありがとうございました。少しでも感想を聞かせていただけますと嬉しいです。

それでは、失礼します。またどこかでお逢いできますように。

二〇〇五年　初雪が降りそうです…　真崎ひかる

http://www.h6.dion.ne.jp/~h-masaki/

追伸。二〇〇六年より、すべてのイベントにサークル名『深海庭園』で参加しています。よろしければ、お立ち寄りください。

近刊案内

アルルノベルス
2月下旬発売予定

イけよ、俺の下で、俺を感じて、イけばいい

恋をしただけ

妃川　螢
Hotaru Himekawa

ILLUSTRATION
実相寺紫子
Yukariko Jissohji

冷たい美貌の静己は≪はるなペットクリニック≫の院長を務める獣医師。病院とふたりの弟が何より大事な静己には、元ホストで青年実業家となった無二の親友・鳳がいる。ナンパな口調でことあるごとに静己を口説いてくる鳳との間には、一度だけの秘められた過去があって……!?
甘くスパイシーな「恋」シリーズ待望の第２弾!!

定価：857円＋税

近刊案内

アルルノベルス
2月下旬発売予定

どうした、もうおねだりか、少しは慎みなさい

やさしく愛して

宮川ゆうこ
Yuuko Miyagawa

ILLUSTRATION
しおべり由生
Yoshiki Shioberi

男にしては可愛いデザイン科の学生・聡文は、厳しい講義で評判の『冷酷非情なプリンス』と呼ばれている超美形の鈴原教授に見初められてしまう。ところが、聡文は、鈴原に似た銀髪の男と怪しい男たちとの密談を偶然聞き、見つかるが「私の仔猫」だと銀髪の男に助けられる。「私を裏切らないように」と道具を使い調教され、初めての快感に乱れ溺れていく——!?

定価：857円＋税

近刊案内

アルルノベルス
2月下旬発売予定

arles NOVELS

いけないことだとわかっていて、どうして——

蝶ひらり、花ふわり

六堂葉月
Hazuki Rokudoh

ILLUSTRATION
天城れの
Reno Amagi

秘密倶楽部『蝶の館』は、嬌艶な着物の麗しい男娼たちが「蝶」となって客をもてなす高級娼館だ。まだ見習いの由英の仕事は、振り袖やメイド服で客を案内すること。常連客でハンサムな青年実業家の将之に、密かに身分違いの報われない恋をしている由英だが、ある日他の客からの身請け話が持ち上がり——!?　ひたむきな恋の純愛ロマンス。

定価：857円＋税

安心して。気持ちいいことしかしないよ。

略奪計画。

真崎ひかる
Hikaru Masaki

ILLUSTRATION
たかなぎ優名
Yuna Takanagi

欲しかったのは万華鏡だけだったはずなのに—!?　甘い雰囲気漂う容貌の那津は、デンマークの美術館で、盗みの現場を謎の青年・ハヤトに見られてしまう！　とっさに拉致してしまった那津だったが、黙って逃亡に協力するかわりに抱かせてとハヤトに交換条件を出されてしまう。身体の隅々まで味わい尽くすようなハヤトとの濃密な行為に、次第に那津は溺れていって……。

定価：857円＋税

既刊案内

アルルノベルス
好評発売中！

拘束して閉じこめて、自分だけのものにしたい……

恋より甘く愛より熱く

真崎ひかる
Hikaru Masaki

ILLUSTRATION
笹生コーイチ
Kohichi Sasao

いたって普通の高校生・樹は2年前に酔った義兄の皓史に抱かれてしまったことがある。だけど大学を卒業と同時に家を出た皓史はその時のことを覚えていなくて……。ある日、ひょんなことから皓史と同居することになった樹は戸惑いながらも次第に秘めていた恋心を抑えることができなくなって──。切なく、ほんのりと甘い義兄弟ラブ!!

定価：857円＋税

アルルノベルス 通信販売のご案内

代金引換と郵便振替のどちらかをお選びください。

代金引換　アルルノベルスホームページ上、または郵便で所定の事項をご記入のうえ、お申し込みください。

代金振込方法　商品到着時に代金合計額を現金でお支払いください。
（デビットカード、クレジットカードは取り扱っておりません）

指定業者　佐川急便

代引手数料　代引金額に応じた手数料をいただきます。

代引金額	代引手数料
1万円まで	315円
3万円まで	420円

代引金額3万円以上はお問い合わせください。何らかの理由で弊社に返送した場合でも代引手数料はいただきます。

お支払金額　本の定価合計(税込)＋発送手数料＋代引手数料

※ 発送手数料は1冊310円、2冊以上は何冊でも400円です。

[例]

1冊の場合

900円(税込)＋310円＋315円＝1,525円

2冊の場合

1,800円(税込)＋400円＋315円＝2,515円

3冊の場合

2,700円(税込)＋400円＋315円＝3,415円

発送日　お申込みいただいてから2週間程度でお届けいたします。

1カ月以上経過しても商品が届かない場合は、お手数ですが弊社までお問い合わせください。長期にわたる品切れの場合には弊社よりその旨ご連絡をさし上げます。

〒111-0053　東京都台東区浅草橋1-13-3
(株)ワンツーマガジン社　アルルノベルス通信販売部
Tel.03-5825-1212
(平日午前10時より午後5時まで)

アルルノベルス 通信販売のご案内

代金引換と郵便振替のどちらかをお選びください。

郵便振替 郵便局の振込取扱票に下記の必要事項を記入して代金をお振込みください。

振替口座番号	00110-1-572771
加　入　者	(株)ワンツーマガジン社
通　信　欄	ご希望の書名・冊数を必ずご記入ください。
金　額　欄	本の定価合計（税込）＋発送手数料 ※発送手数料は1冊310円、2冊以上は何冊でも400円です。
払込人住所氏名	お客様のご住所・ご氏名・お電話番号

◎お申込みいただいてから1ヵ月程度でお届けする予定ですが、品切れの際はお待ちいただくことがございます。2ヵ月以上経過しても商品が届かない場合は、お手数ですが弊社までお問い合わせください。長期にわたる品切れの場合には返金させていただきます。
◎為替・切手・現金書留などでのお申し込みはお受けできません。
◎発売前の商品はお申し込みいただけません。
◎お申し込み後のキャンセル、変更などは一切お受けできません。（乱丁、落丁の場合を除きます）
◎ご不明な点は下記までお問い合わせください。

書店注文もできます

書店に注文していただくと、通信販売より早く2～3週間でお手元に届きます（品切れの場合を除く）。送料はかかりません。ご注文時に、ご希望の本のタイトル・冊数・レーベル名（アルルノベルス）・出版社名（ワンツーマガジン社）をお伝えください。発売予定のノベルスをご希望の方は、書店でご予約いただいたほうが確実に入手できます。

〒111-0053　東京都台東区浅草橋1-13-3
(株)ワンツーマガジン社　アルルノベルス通信販売部
Tel.03-5825-1212
（平日午前10時より午後5時まで）

原稿大募集

アルルノベルスでは、ボーイズラブ小説作家＆イラストレーターを随時募集しております。優秀な作品は、当社よりノベルスとして発行いたします。

小　説　部　門

■募集作品

ボーイズラブ系のオリジナル作品。
商業誌未発表・未投稿なら同人誌も可。

■応募資格

年齢・性別・プロ・アマ問いません。

■応募枚数

43文字×17行で210ページ前後

■原稿枚数

原則としてテキスト原稿。原稿サイズはB5縦・縦書き仕様（感熱紙は不可）。原稿にはすべてノンブル（通しナンバー）を入れ、ダブルクリップで右端を綴じてください。原稿の始めには、作品のあらすじを700字以内にまとめてつけてください。

※優秀な作品は、当社よりノベルスとして発行いたします。
また、その際は当社規定の印税をお支払いいたします。投稿原稿は返却いたしませんのでご了承ください。

イ　ラ　ス　ト

■募集イラスト

ボーイズラブ系のイラスト。

■応募資格

年齢・性別・プロ・アマ問いません。

■応募規定

❶表紙用イラスト（カラー）
❷本文用イラスト（モノクロ・背景付）
❸本文用イラスト（モノクロ・エッチシーン）
以上の3枚いずれも人物2人以上、背景を入れて描写してください。オリジナルイラストで、サイズはA4。コピーをお送りください（カラーイラストはカラーコピー）。

投稿原稿の返却はいたしませんのでご了承ください。

※水準に達している方には新刊ノベルスのイラストを依頼させていただきます。

原稿送付先

〒111−0053
東京都台東区浅草橋1−13−3
株式会社ワンツーマガジン社「アルルノベルス・作品募集」係

※郵送のみ受付いたします。直接持ち込みはご遠慮ください。
※採用の方のみ編集部よりご連絡させていただきます。

ARLES NOVELS

ARLES NOVELSをお買い上げいただきましてありがとうございます。
この本を読んだご意見、ご感想をお寄せ下さい。

〒111-0053
東京都台東区浅草橋1-13-3
㈱ワンツーマガジン社　ARLES NOVELS 編集部
「真崎ひかる先生」係 ／「タカツキノボル先生」係

黄金色のシャングリラ

2006年2月1日　初版発行

◆著　者◆
真崎ひかる

◆発行人◆
齋藤　泉

◆発行元◆
株式会社 ワンツーマガジン社
〒111-0053
東京都台東区浅草橋1-13-3

◆Tel◆
03-5825-1212

◆Fax◆
03-5825-1213

◆郵便振替◆
00110-1-572771

◆HP◆
http://www.arlesnovels.com(PC版)
http://www.arlesnovels.com/keitai/(モバイル版)

◆印刷所◆
中央精版印刷株式会社

乱丁本・落丁本はお取り替えいたします。

ISBN4-903012-35-2 C0293
Printed in JAPAN

アルルノベルス
投稿作品応募カード

タイトル	フリガナ	
作品のテーマ		
氏　名	フリガナ	
ペンネーム	フリガナ	
年　齢	歳	男　・　女
住　所	フリガナ 〒　　－ 都道府県	
TEL	(　　　) 　－	
FAX	(　　　) 　－	
職　業		
備　考	(同人誌歴・投稿歴・質問等)	

宛先

〒111-0053　東京都台東区浅草橋1-13-3
㈱ワンツーマガジン社　ARLES NOVELS編集部

キリトリ線（コピー可）